TANGO LOMANGO

Ritual das paixões deste mundo

RAIMUNDO CARRERO

TANGO LO MANGO

Ritual das paixões deste mundo

EDITORA RECORD
RIO DE JANEIRO • SÃO PAULO
2013

CIP-BRASIL. CATALOGAÇÃO NA FONTE
SINDICATO NACIONAL DOS EDITORES DE LIVROS, RJ

C311t Carrero, Raimundo, 1947-
Tangolomango: ritual das paixões deste mundo / Raimundo Carrero. – Rio de Janeiro: Record, 2013.

ISBN 978-85-01-40191-5

1. Romance brasileiro. I. Título.

13-0137

CDD: 869.93
CDU: 821.134.3(81)-3

Copyright © by Raimundo Carrero, 2013.

Capa: Hallina Beltrão

Editoração eletrônica: Abreu's System

Texto revisado segundo o novo Acordo Ortográfico da Língua Portuguesa.

Direitos exclusivos desta edição reservados pela
EDITORA RECORD LTDA.
Rua Argentina, 171 – Rio de Janeiro, RJ – 20921-380 – Tel.: 2585-2000

Impresso no Brasil

ISBN 978-85-01-40191-5

Seja um leitor preferencial Record.
Cadastre-se e receba informações sobre nossos lançamentos e nossas promoções.

Atendimento e venda direta ao leitor:
mdireto@record.com.br ou (21) 2585-2002.

O narrador está sempre instalado na intimidade do narrador, nunca no mundo exterior. Deste, o que nos narra chega filtrado, diluído, sutilizado pela sensibilidade daqueles seres, jamais diretamente.

Mario Vargas Llosa
— A verdade das mentiras —

Sempre escrevo de acordo com a passagem da luz porque assim aprendi a viver desde minha infância em Santo Antônio do Salgueiro, sertão de Pernambuco. Vivi, portanto, com o sol e com as sombras porque a minha imensa casa de longos corredores tinha seis quartos e diversas salas com pouca iluminação solar e eu costumava me orientar pelas réstias — espadas de fogo — que entravam pelos telhados entre ripas e caibros — fantasiando meus dias. Nas noites havia apenas velas e candeeiros. Foi desta maneira que comecei a ver o mundo e que aprendi a me orientar, entre a tensão, a ansiedade e o prazer. De forma que este romance foi escrito para ser lido de um fôlego só, de preferência das seis horas ao meio-dia, com a força da luz e do sol, mantendo-se, assim, os movimentos de tia Guilhermina, plenos de iluminação, apesar dos cortes de sombras e de silêncio. As primeiras horas da manhã possibilitam, ainda, um maior envolvimento com o clima sombrio e denso da personagem, apesar de sua aparente alegria. E da intensidade do Carnaval.

R.C.

*Este livro é de Marilena.
E de Nina, Lena,
Rodrigo e Diego*

E de Felipe, meu irmão,
In memoriam

Os Dias Antigos

Um êxtase deslumbrado de voo tornava radiantes os seus olhos, desordenada a sua respiração, e trêmulos, selvagens e radiantes os seus membros arrebatados pelo vento.

JAMES JOYCE

Em busca do destino

Ela anda pela calçada naquele passinho miúdo, miúdo e ligeiro, de quem vai ao encontro do destino, na manhã ensolarada e de raros ventos na longa, fria, larga e solitária avenida do centro do Recife, privada de árvores, e que lhe dá a sensação de verdadeiro e árido deserto, sem gente ou paisagens, e sem areia, pedra ou terra, mas povoada de casas cheias de cadeados e grades por todos os lados, e prédios escuros, empurrados na parede, carros parados, aqui e ali, áspera e muda, um sem-fim de calçadas laterais, às vezes quebradas, entortando o andar, forçando os pés, ameaçando os calcanhares... e andam também os cachorros e cadelas de domingo, que ela chama de vadios e solitários, seguindo e pastando, pastando capim e plantas rasteiras.

Triste, sujo e belo

Em outra rua desnuda e calada do bairro da Boa Vista andava também o único, esmolambado, triste, sujo e belo bloco O

Cachorro do Homem do Miúdo, formado por um só cidadão, tocando pandeiro e cantando, de vez em quando substituindo o instrumento por um clarinete. Seguindo um cachorro e conduzindo uma carroça com verduras penduradas em cordões — tomate, cebola, alho, coentro, além de salsicha e queijo, para um cachorro-quente emergencial —, que ele, desolado, empurrava, em homenagem a um tipo de camelô que passava antigamente por essas ruas do Recife durante os dias comuns do ano, vendendo miúdo de boi numa bacia, acompanhando um vira-lata branco, magro e triste, exibindo um estandarte grande, de um vermelho desbotado com frisos de linha de ouro nas beiradas, a estampar o desenho de um leão no centro. As pessoas dizem, espalhadas nas ruas e nas janelas, que é extremamente desolador ver este homem, cujo nome ninguém conhece, atravessar o bairro inteiro seguindo o cachorro porque parece que não sabe andar sozinho, e nem sequer adivinha as ruas, mas o cachorro, sim, o cachorro sabe o nome de cada rua, de cada travessa, de cada esquina, de cada pedra ou cada esgoto. Sabe e o conduz, fazendo com que sinta os cheiros, escute os silêncios e conviva com o vento e a terra. O que surpreende é o fato de ele seguir o cachorro. Sempre. Sem mudar de rua, de beco ou de esgoto. Seguindo, seguindo. Talvez até de olhos fechados.

Frevo alemão

Quando os cachorros comem capim é porque estão com cólicas, não é pastar, é remédio, a mãe falava, e ela, tia Guilhermina, faz tempo, muito tempo, a cantarolar a "Ave-Maria dos Namorados", que ouviu pela primeira vez, chorando, em casa de Ana Beatriz, depois de escutar na radiola o disco de Cauby Peixoto, e, em seguida, na voz de Anísio Silva. Ninguém é de ninguém, pronto, não precisou nem mesmo forçar a memória, fazia outro tanto tempo, bebendo bacardi com coca-cola, o gosto adocicado, diziam Samba em Berlim, podia ser Frevo Alemão, porque era um rum pernambucaníssimo, fabricado ali no Pina, praia e área industrial, embora nem sempre limpa. Havia, naquele antigamente, até mesmo um esgoto. Sem contestar, uma cloaca da empresa de águas e esgotos do estado, jogada no mar. Era no antigamente, agora, como se diz, hoje não mais.

A lembrança abrasa a alma

A lembrança a encontra assim, de repente, na avenida deserta e árida, tão forte que parece viver os velhos fatos neste exato momento. Esta espécie de lembrança que vem e se abraça com a alma da gente, circula no sangue e se encastela na memória, tão viva, o pulso fica vibrando nos braços, esquentando, esquentando, abrasando a alma. Tem lembrança assim, não tem, tia Guilhermina? Agora ela está a andar e a sofrer, vadia no mundo, porque lhe anunciaram que Matheus ia, novamente, a julgamento, acusado de estuprar e matar a mãe, Dolores, e a irmã, Biba. Matheus, tia Guilhermina, Matheus? O menino que eu criei, ela diz na memória, da boca para dentro.

No primeiro julgamento fora absolvido. Não mais que um menino, com quem ela quase divide cama e mesa, se era que não dividira, na quietude da Casa Verde, na Torre, aos olhos dos vizinhos, que fingiam roubar mangas, goiabas e laranjas, na verdade cascavilhando o silêncio na esperança de vê-la aos beijos e abraços com ele. Desde criança, ela tocava piano e cantava para os dois, cercados de árvores, plantas, muros, portas e janelas fechadas, as heras subindo pelas paredes, o mofo saindo da terra fofa e molhada do jardim. As galinhas ciscando e cacaricando, os porcos fuçando, os cachorros e as cadelas trepando no quintal, e o calor desta cidade guerreira.

Olhos para ver e os ouvidos da memória

Anda, tia Guilhermina anda, os passos rápidos e miúdos são impulsionados pela lembrança crescente de Matheus, que também gostava de ler as crônicas pernambucanas, em voz alta, ou narrava as próprias imagens que guardava nos olhos e na memória, no momento em que os dois viviam a cumplicidade do abandono na Casa Verde, a solitária casa da Torre, sobretudo nas tardes do domingo. Lia para ela, e repetia, e verificava que Guilhermina ficava feliz, atenta, a cabeça deitada, os ouvidos abertos, os olhos no alto, sonhadores.

Por isso ela sempre dizia, naquela voz dengosa e lenta, que via com os olhos de Matheus, e escutava com os ouvidos da memória, principalmente estas imagens de Carnaval. Olhos para ver, os dela, mas com os ouvidos da memória, sobretudo pela voz do menino. Que nem era menino mais, um rapaz que jogava futebol, tocava saxofone e lia para ela. Quantas vezes não o surpreendeu lendo deitado na rede do terraço preguiçoso. E não dizia rapaz, sempre menino, feito não crescesse nunca.

Cadelas no cio

Saiu da Casa Verde pela manhã, escuro ainda, depois de ouvir os galos da madrugada e os bichos da noite que incomodam e atormentam. Os cães latiam, as cadelas no cio uivavam e a noite profunda se abismava, sem estrelas. Mesmo assim ainda era possível escutar a voz roufenha da amiga perguntando por que você chora, Guilhermina, você nem tem namorado. Nada além, nada além de uma ilusão, chega bem, é demais para o meu coração. Gosto de me imaginar apaixonada e sofrendo, Ana. Não vou carregar homens nem na paixão nem nos pensamentos. Você sabe que não estou nem apaixonada nem sofrendo. Eu não sei de coisa alguma, a não ser por isso mesmo, por isso mesmo, Guilhermina, por imaginação, não é, amiga? Devo mesmo imaginar, moça, porque não é verdade que você esteja namorando, só imagina, desde que lhe conheço já apareceram muitos namorados e você rejeita, assim é melhor, a gente se livra de tudo quando quer, mata a fera que arma o bote, os dentes à mostra, sofre por quem não existe e, por isso, não se humilha, gata escorraçada no canto da sala, o pelo eriçado. É melhor assim. Amor de verdade tem cara de humilhação, você sabe, não sabe, Guilhermina dizia, fazendo as unhas ou bebendo um novo gole, fingindo desleixo, nem sequer adivinhando remotamente que um dia teria um sobrinho chamado Matheus para quem, desde menino, cantava e tocava piano, que mataria mulheres, mesmo que fossem mãe e irmã, pior, estuprava e matava, será possível que bebesse o sangue?

Devorar a si mesmo. Decifrando-se

Mas não era por ele que chorava, isso não, chorava mesmo por um amor que não existia, nunca existiria, por ser inventado e idealizado, imaginado, olhando-se no espelho grande na sala de visitas, onde a amiga se preparava para Conrado, com perfumes e batom, haverá mesmo um tempo em que tia Guilhermina acordará cedo disposta a mudar de vida? Não, não mudará de vida nunca, jamais, mentia-se ali, ao espelho. Não era difícil mentir-se ao espelho? Vendo o rosto que chorava, as lágrimas, os soluços, e estava chorando por pura mentira, por dentro sabia-se uma cretina, uma canalha, rindo e rindo muito, dizendo-se você é canalha, faz essa cara de sofrimento e dor na frente do espelho, será que o povo, o verdadeiro espelho, conhece essa cara e acredita nela? Mentia sinceramente, movida pela vontade de chorar. A grande e bela mentira dos solidários, daqueles que já nasceram com a carne banhada na dor, por vocação. Mentir-se significava chorar e saber que não estava chorando, nem muito menos sofrendo. Era tudo mentira. Enganava-se, mas a imagem que via era verdadeira, absolutamente verdadeira. Uma mulher de mentira, mentindo-se. Querendo rir, mas não rindo. Bastava chorar, e já estava bom. Ou já está bom. É isso ou não é isso? Para vencer-se mergulhará na própria imagem e depois seguirá o destino. É assim. Chorar na frente do espelho provoca riso. Que é melhor? Chorar no espelho ou por trás do espelho? Mergulhar na própria imagem e deixar-se devorar por ela. Decifrar-se. Devorar-se. Vasculhar com os olhos o enigma de si mesma. Uma forma ideal de viver. Ela sabe e agora tomará banho, um banho muito demorado com sabonetes, óleos e xampus, perfumes e sais, muita água, sairá de casa, aventurosa, ela própria dirigindo o fusca para mulheres — todos os fuscas foram feitos para mulheres? — em direção ao centro da cidade. Antes, nos dias cálidos e ainda não definitivos, anunciaria ao sobrinho, ainda muito menino, menininho, hoje é dia de sofrer, instalava-se no bar da calçada na rua da Aurora, o Brahma Chopp, vizinho ao cinema São Luís, às margens do rio Capibaribe com ramagens debruçando-se sobre as águas, copos e garçons bem limpos, ocupava uma mesa na calçada e bebia, bebia cerveja, bebia chope, cerveja casco escuro com salsicha, bolo de bacalhau e pastéis, bebia, comprava fichas para a radiola e fumava — atrasando-se para o trabalho na repartição pública, faltaria ao expediente, sumia para sofrer pelo que não havia, para derramar lágrimas pelo que não existe ou existirá —, ouvia a mesma música até a exaustão. Os olhos marejados de lágrimas, o soluço estrangulado na garganta, recitando eu vivo porque morri? É assim mesmo.

O encontro do não marcado

Passava o lencinho perfumado nos lábios e na ponta do nariz já vermelho — é assim que se chora, perguntava, chorar é assim? Chorar é isso? —, chorar por um amor tão belo que não existe, nem tenho namorado, nem tenho e não terei. Diria um dia mais tarde a Ana Beatriz, naquela manhã cinzenta em que os olhos não suportariam as lágrimas, feito dia de chuva, que se arrastariam pela face. Minutos, horas esperando ali no bar, sentada e fumando, fumando. Esperaria horas, meses e anos, simplesmente porque não havia marcado com ninguém, sem haver namorado algum, sequer um amigo. Porque não havia parceiro, ninguém chegaria. "Que decepção, que decepção, Ana, que decepção, bebi muito, fumei quase uma carteira de cigarros e ninguém apareceu." "Ninguém nunca aparece mesmo." "Eu amo tanto", "Eu amo tanto." "Quem?", perguntaria Ana Beatriz sentada na cama do quarto no corredor da casa. "O amor. Eu amo o amor." E soluçaria. "Você está ficando estúpida demais. Não fale se não entende." "Então me calo." Decidiu nunca mais conversar com Ana Beatriz, por quem tinha admiração e afeto, enfim, amizade por alguém de carne e osso.

Um homem apalpável

Do que a senhora se lembra quando sai assim para a boemia bebendo, cantando e comendo? De mim mesma, meu filho, de mim mesma, como se diz, do fundo do coração, se é que coração tem fundo. Procurava as lembranças, os dias perdidos, as noites solitárias. Elizeth Cardoso cantando ah, meu amor não vá embora. Podia mas não queria amar Matheus, um homem palpável, mais do que isso apalpável, de quem era possível sentir o cheiro e tocar na pele, e sobrinho, feito da mesma carne e do mesmo sangue. Imagine deslumbrar-se, o amor em forma física, mas não queria, era melhor a ilusão, sempre a ilusão, escutar essa música, já que o amor nem chegara. Antes mesmo que Matheus fosse morar com ela, uma criança saída do ventre fazia pouco tempo, banhada de sangue, enrolado numa toalha branca imensa, para que ninguém pudesse vê-lo porque nascera de Dolores e Jeremias, mãe e filho; acordava, plena madrugada, tia Guilhermina acordava, suando, a roupa colada na pele, o suor escorrendo no rosto, por entre os seios, sonhara? Será que sonhará? Não queria saber, nunca, não podia amá-lo, nunca jamais. E cantava, nunca jamais pensei em querer-te tanto, é mentira, nunca quis amá-lo, nem a ele nem a ninguém. Amor de verdade, amor de arranca-toco. Gostava de amor de arranca-toco, bebia um uísque com gelo, ali sentada na cadeira de balanço do quarto. Sentava-se depois ao piano, abanando-se. Acordara para ouvir música, cantar e tocar piano, toda bem pintada com talco no rosto, e o batom que esfregava nas maçãs da face, uma linda mulher com os cabelos brancos bem-penteados, duas tranças, e a camisola verde de cetim claro combinando com os olhos.

No fim da tarde saía com vestido inteiro de chita estampado e cinto firme sem apertar a barriga para comprar o pão bem quente, sol pondo-se, a agonia do dia, o sol das almas, ela sabia, no espaço entre o almoço e o momento em que tocava piano para os ouvidos de Matheus, ainda criança, fim da tarde, começo da noite. Abria o pequeno portão do terraço com a sombrinha fechada na mão direita. Àquela hora o sol já se aninhava nas árvores e ela procurava amparo.

O mundo nos ombros

Imitava o pai, aquele homem magro, puxando a idade, que voltava para casa com o pacote de pão entre os dedos — uma mania de tantos, tantos anos, trazer o pão para o café da noite, que alguns chamavam de jantar, naquela forma de caminhar que ela tanto admirou e terminou imitando, parecia carregar as dores do mundo nos ombros. Um andar leve, nem de longe apressado, de quem tem a vida inteira para ir e vir, como se não tivesse filhos, filhas e mulher esperando-o, talvez até com fome, para a refeição. Comiam quietos e calados, até que ele, o pai, dizia sem levantar a cabeça:

— Você nasceu para ser puta, Guilhermina! — ele falava assim, feito não dissesse nada, só para dizer, para falar, quebrando silêncio, rasgando o pão nos dentes e os olhos baixos. A mãe tossiu. O que é que você está dizendo? — Guilhermina tem vocação pra puta. — Como é que você sabe? Me disseram que ela estava beijando um rapaz ontem no cinema. Quase morro de vergonha. É assim, não é, minha filha? — Sim, é assim. Mas o que isso tem a ver com prostituição?

O pai estava dizendo quer dizer que você confirma, e ela confirmo, reafirmo e assino embaixo, cantando pela sala lábios que beijei quando o irmão entrou para o jantar, gritando meto a mão nessa safada, está todo mundo falando desse beijo, mas o pai falou manso e baixo o assunto termina aqui, vão conversar noutro lugar, ninguém vai falar comigo, basta um pão com café e encerro mesmo o assunto. A mãe estava encostada na parede, chorando, com um lenço cobrindo o rosto. Repetindo as palavras minha filha, minha filha, e ninguém disse mais nada. Se naquele tempo conhecesse Ascenso Ferreira, teria repetido os versos, "menina sai dessa janela senão termina prostituta", Deus te ouça, minha mãe, Deus te ouça.

Olhos negros ou azuis

Onde estará agora o cachorro do homem do miúdo? Aquele que fazia o Carnaval sozinho? Atirado na solidão das ruas, primeiro sem fantasia e depois com a camisa do time de futebol pelo qual torcia, chapéu de palha, e de máscara negra deixando os olhos à mostra. Ninguém sabia a cor dos olhos. Eram verdes ou negros? Precisava se aproximar e não se aproximava porque ninguém queria romper o cordão de isolamento do homem, feito de solidão e dor, que se fazia acompanhar apenas de um cachorro para viver o Carnaval que parecia eterno. Carnaval eterno já é um bom começo. E o cordão de isolamento era a proteção que o sofrimento concede a todo ser vivo.

No silêncio da tarde, a queixa

Anda naquele passinho rápido e miúdo, miúdo e rápido, cabeça baixa, mas os olhos e ouvidos bem abertos. Pintada. Passara na face o mesmo batom vermelho que ela usava para esconder a brancura. Era fácil perceber que os vizinhos olhavam pelas frestas das janelas e das portas, falando baixo, bem baixo, palavras impregnadas de inveja e de ciúme, Guilhermina é uma mulher da vida, uma boêmia, recriminando-a no silêncio da tarde, e mesmo assim olhavam mais com a agonia da pele suada do que com os olhos, feito quem ama aos beijos e abraços, semelhante a quem toca na pele, no peito e nos ombros, pele tem olhos de fogo e de agonia. A presença de tia Guilhermina, mesmo a distância, ela sabia, causava um tipo esquisito de arrepio, de emoção, de pés frios e mãos geladas, uma palpitação de sangue apressado na garganta, por isso a pele ouvia, tornava-se sentimento, apenas sentimento, e os outros, os vizinhos, ouviam e sentiam, o som do piano entrando na carne. Que fazia uma velha sozinha com um menino dentro de casa, tocando piano? Caminhava a princípio pelo curso da rua sem calçamento, pisando nos buracos e topando em pedras, e depois pela calçada. Os vizinhos, as vizinhas estavam ali — olhando, olhando. Por que a curiosidade? Por que tanta atenção, os olhos rebrilhando no buraco das fechaduras e nas frestas das janelas, ainda vai ter um dia em que carrego o piano nos ombros, coloco-o na calçada, tiro a roupa e começo a tocar.

A delicada intimidade da tia

Soube tempos depois, através da narração de Matheus, que as vizinhas e os vizinhos queriam, na verdade, conhecer a sua intimidade, a delicada intimidade de tia Guilhermina, ela abria o portão e saía à calçada para levar o lixo, uma vassoura na mão esquerda, o balde na direita, se tinha namorados, se não recebia ninguém e, se recebia, quem era, ou eram, de onde vinha/vinham? Se recebia homens nas altas horas da noite — quando tocava piano, e havia quem dissesse que era apenas para Matheus, o menino —, que educação era aquela? Educação musical, educação sexual, apenas educação? Os namorados da velha, era o que lhe diziam, os intrigantes, deviam pular o muro do quintal na madrugada para que não fossem conhecidos, gatos de olhos brilhantes se esgueirando pelas plantas, quem sabe miando? Quem aprovaria o amor de um menino por uma senhora de cabelos brancos? Cheia de ternuras e enfeites discretos. Velha safada, faltavam lhe dizer. Velha safada e puta. Não. Ouvia, às vezes, no meio da tarde, naquele silêncio ermo da tarde: puta de anjo. Ela não era puta, apenas carregava nas carnes esta solidão do abandono, a solidão dos que são excluídos do mundo porque houve esse tempo em que não tinha nem amigos nem amigas, frequentava os bares, os olhos marejados de lágrimas, para beber sozinha, pensar sozinha, conversar sozinha, por algum motivo, que considerava estranho, não alimentava amizades, e, mesmo quando tinha amigos e amigas, preferia estar sozinha nos bares ou nos clubes sociais. Assim: não tinha namorados nem amigos nem amigas, alimentava a solidão abandonada. Uma senhora, não, uma velha, com aqueles cabelos, os seios belos, saudáveis e rijos mas envelhecidos, os ombros caindo? Algum dia foram louros, os cabelos? Ainda carregava os olhos verdes, que ficavam cinza no cansaço. Na decepção. Na desilusão.

A louca descoberta da noite

Descobria blocos e grupos, os jornalistas, I Love Cafuçu chamava-se o bloco, aqueles mais jovens desfilando em meio à multidão. Imitavam tipos populares, os homens de baixa qualidade moral, que era um cafuçu, usavam óculos escuros, bigodes, palito de fósforo entre os dentes, achavam que todas as mulheres eram prostitutas, bastava piscar os olhos e elas já estavam de pernas abertas. Houve um tempo em que se enturmara com os jornalistas que viviam em torno do pianista Anélio, um homem pequenino com os óculos finos na ponta do nariz, dedos longos e unhas bem-feitas, esmaltadas, brancas, falava com um vício nos lábios, a saliva caindo, as palavras chiando, um canário solitário no assombro da tarde, nas horas vagas fazia pequenos ataúdes na ponta do canivete, muito habilidoso, artesão, horas a fio cortando e torneando madeiras, umas poucas madeiras, pequenas tariscas, casado, quase não vivia com a mulher, que ria ou chorava o dia inteiro, de acordo com sentimento. Tocava piano numa confeitaria, sem levantar a cabeça para falar com ninguém, mesmo quando era aplaudido. O povo se adensava ainda mais em torno de homens e mulheres que marcavam o passo, pulando e pulando, misturando cantares velhos com músicas novas. Entre uma melodia ou outra de sucesso, o pianista tocava uma música que escreveu para a mulher, uma composição próxima da valsa, leve e sentimental, que ele ainda completava com um assovio de arrepiar, os olhos lacrimejando. E a lembrança daquela melodia dolente misturava-se, agora, às músicas carnavalescas, cheias de ironia, cheias de brincadeira. Foi que o homenzinho convenceu os amigos a levá-lo em casa à noite, sempre depois da diária na confeitaria, e ela, tia Guilhermina, foi também, os sons do Carnaval e da memória se misturavam, mas ela podia ouvir muito bem, "Vou beijar-te agora,/ Não me leve a mal,/ Hoje é Carnaval", e, apesar da mistura, via claramente quem estava cantando e as troças e blocos passavam a pé ou sobre carrocerias de caminhões.

Uma viagem do Recife a João Pessoa, atravessando canaviais e terras áridas, durante mais de duas horas, parando em bares e barracas para beber, mesmo o motorista, que volta para casa embriagado. Além de artesão, o pianista gostava de inventar bebidas.

Champanhe com cachaça

Parou num bar de folhas de coqueiro, dizendo que era hora de beber champanhe. Estacionado o automóvel, entraram naquilo que chamavam de bar e que, na verdade, não era mais do que uma venda de beira de estrada, tamboretes de madeira, cheiro forte de charque, óleo, manteiga e aguardente, tudo entranhado, até que pediu uma garrafa de cachaça. Depois uma garrafa de soda limonada. O vento chiava na mata, as folhas sacudidas, os cachorros latindo no pátio. Em dois copos preparou a beberagem, jogando primeiro cachaça e depois soda, fechava os copos com a mão e sacudia tudo até ficar borbulhante, bem borbulhante.

Em seguida, misturou tudo com um pedaço de papel, de forma que absorveu o gosto de cachaça. Ficou a soda limonada com álcool. Ofereceu a beberagem aos companheiros, que elogiaram o gosto de champanhe e enalteceram, aos gritos, a incrível habilidade do artesão de dedos longos. Beberam mais e muito mais. E um pouco mais, feito diziam, alegres, risonhos, felizes.

A fúria da hidra ensandecida

Chegaram em João Pessoa já na hora finda da tarde, o sol morrendo, luzes amarelas, quase mortas, em postes isolados acendendo. Tia Guilhermina acredita, cochilou um pouco porque logo passou a ouvir gritos, xingamentos, zoada, o carro parou. Percebeu o pianista Anélio sentado na outra calçada, sangrando. Segurava a testa com as duas mãos, o sangue escorria entre os dedos e pingava na camisa branca. Os outros também sangravam, menos ela, que olhava para tudo estonteada, atônita. Tentando entender o que acontecia. As pedras, muitas, batiam na janela do carro. E ela pôde ver que eram atiradas por uma mulher alta e forte, descabelada, roupa suja e amarfanhada, mãos grandes, olhos fortes, que gritava todo o tempo canalha, canalha. O safado vai raparigar e ainda traz a puta para casa. Os amigos tombavam, ensanguentados, até que o motorista, bêbado, ligou a ignição e largou. Ainda de pé na calçada, a mulher, gritando muito, a baba descendo pelos cantos da boca, gritava fuja, rapariga, fuja. O safado vai me espancar a noite inteira.

O cão voltou, o cão voltou, e agora vai me sacrificar, ela dizia, entremeando frases. O carro avançou e ela agora temia que o motorista batesse tão embriagado ele estava, e ela não menos. Retornou à Casa Verde já pela manhã, depois de comer uma peixada em Goiana, regada a muita cerveja, ao som de cantares e barulhos. Em casa, deslizou rápida e lépida pelo terraço sem que ninguém a visse. Ou imagina que ninguém viu. Depois do banho dormiu, sem ser interpelada por Matheus, ainda uma criança, que se estendia na cama de casal. A casa permaneceu em silêncio, sempre em silêncio, mesmo no outro dia quando ele estranhou, perguntando:

Um piano em silêncio

— Vamos, tia, vamos.

Todo o cuidado foi para esconder os ferimentos, de forma que nem ele mesmo soubesse o que havia acontecido. Nem tivesse de comentar. Mas Matheus percebera, e silenciara, sobretudo nos banhos, nos instantes em que ele, menino taludo, rapaz, seja verdade, sentava-se com ela na bacia com água, perto do chuveiro, e ele tocava com os dedos na ferida, apenas uma ferida sarando. Os dois se olhavam, indagavam-se em silêncio, no momento morno do silêncio. Percebia, com clareza, que ele sofria, Matheus sofria. Naquele instante morto da tarde assombrada, ele sofria, perguntando-se o que ela estivera fazendo. Em que noite boêmia se metera para ser espancada por homens. Sem dúvida, um daqueles estúpidos homens a quem as mulheres deviam se oferecer de pernas abertas, sempre, os cafuçus. Onde foram buscar aquela palavra? Tão cruel e tão adequada? Ou esta palavra?

Não demorou e voltaram os dias vazios, calados, silenciosos. Tornou a ser a mesma, nunca mais voltou à confeitaria nem soube do pianista artesão punido pela mulher louca. Por isso morava numa cidade e trabalhava na outra. Para se manter distante da casa, bebendo champanhe feito de cachaça. E com uma ressaca terrível. Vivendo naquela Casa da Torre, mantinha-se a mesma igual. Surpreendia-se assoviando a música que o homem fizera para a mulher. De uma beleza solene, leve, segura. Ela, porém, Guilhermina, mantinha-se a mesma: Não dava bom dia, não conversava com ninguém. As vizinhas perguntavam.

Os sóbrios requintes da mesa

Matheus lhe disse que algumas pessoas lhe perguntaram, quando se pôs rapazinho, quem é esta velha, e que faz para atrair tantos homens, mesmo os mais jovens, tão jovens? Ralhava com ele porque aprendera, desde muito cedo, que não se deve cultivar intimidade com vizinhos, sobretudo aqueles mais desconhecidos, vindos da bruma, no silêncio da sombra, guardariam o segredo, mantinha amizade de cama com Matheus? Que tipo de amizade? Ele escutava tudo nas rodas de cerveja quando terminava a pelada e os amigos abriam a curiosidade. Estaria transformando o menino em tarado, num desvairado sexual? Era assim? Ou recebia namorados que pulavam o muro pela madrugada. Gostava de tocar, cantar, se possível até dançar, e cozinhar para Matheus. Aos desmaios dos domingos, cheirosa e andando de roupa longa, apesar do calor, o suor escorrendo pelo corpo, preparava refeição especial, leve e simples, feijão-verde com azeite e vinagre, cebolinha, arroz branco e solto, filé ao molho madeira, também com cebola e tomate, além de vinho tinto, enquanto ele crescia, tornava-se taludo. Outras vezes, não. Outras vezes, cheia de sobriedade, vestindo apenas calcinha coberta por roupão branco, bastavam uma posta de peixe, purê de batatas e vinho branco. Sentia o sangue latejando nas veias enquanto pegava nas verduras e na carne, ai a carne. Estrangulada pela tensão na garganta. Quase chorando para cantar. Sem sutiã, não gostava de sutiã, que lhe machucava os seios. Perenes, eternos, sempre belos seios de tia Guilhermina. E ela própria sabia o sabor de dizer os seios de tia Guilhermina. Aquilo não era desejo, confessava. Nunca desejaria o próprio sangue. No jantar, sopa de aspargos e um pãozinho quente, depois chá e pedrinhas refrescantes de limão ou morango. Antes da refeição dava-lhe um banho, água e espuma, muita espuma na bacia. Dominava-se o tempo todo, fiscalizava-se.

Os vizinhos diziam quando tia Guilhermina anda o sangue lateja nas veias, e ela sabia, sabia e sentia, coisa obscura carregar essa agonia nas carnes, essa sensação de incompletude. Sempre. O sangue que lateja nos pulsos e no ventre, ali entre os pelos, a ponto de incomodar as coxas. Distanciava-se cada vez mais calada, quieta a seu modo, sempre.

Silêncio para as folias na cama

Não dava atenção nem mesmo às brincadeiras do padeiro, dormindo no cobertor quente, tia? Nem dorme com as folias da cama, não é? e ria para dentro, para o íntimo da alma. Retirava-se. Impossível suportar aquela mediocridade do padeiro que dizia, achando que era o máximo, dormindo, não é, tia?, com um cobertor de orelhas. Canalha, que coisa horrível, mais sem gosto, sem graça, mais ridícula, sem risada. Não sabia sequer se passava uma imagem simpática, inquietante, como podia uma mulher de tanta idade ser inquietante? Levemente inquietante? Desta inquietação entranhada na pele, no sangue e no suor? Mas era verdade que chamava cada vez mais atenção por sua vida reclusa e, sobretudo, pela música revelada no fim da tarde e começo da noite, às vezes até pela madrugada. Por quem toca Guilhermina? Para quem tocaria Guilhermina? Ela não escutava, mas era capaz de jurar que aquelas perguntas estavam sendo feitas enquanto os dedos deslizavam nas teclas. Tem certeza de que são teclas? Por isso é que tocava com ardor mesmo as músicas religiosas que ouvia na procissão. Muitas vezes esquecia as rezas para decorar as marchas religiosas, diziam cantares de procissão, sobretudo aquelas que tinham um ritmo mais cadenciado, próprio do sentimento reverencial. Conhecia de cor a marcha Santo Antônio, solfejava, batendo com os nós dos dedos na mesa.

Teoria Geral do Ridículo

O padeiro brincando na calçada, e ela se defendendo, só se defendendo com a sombrinha fechada, batia no ombro e na cabeça do homem. Venha, tia, venha tocar no meu piano. As teclas estão esperando. Daí a pouco juntava gente, tia, muita gente para ver o homem apanhando da velha, e rindo, rindo. Ela sem forças, sem violência, leve, bem leve, ela gritando palavrões e ele rindo, rindo. Todos riam muito, meninos, rapazes e senhores. Os meninos gritavam o apelido: puta de anjo! E diziam, e diziam. As moças, as mulheres fechavam os olhos para não ouvir. Fechavam os olhos.

Desde que chegara ali na Torre morava em casa que comprou com indenização e com um incentivo profissional que recebera por competência e empenho, nas proximidades da vila operária, sendo observada e, ela própria, observando como se comportavam os vizinhos, acompanhando seus movimentos internos e quase invadindo a casa jardim adentro. O homem que faz pouco apanhou de sombrinha, dizendo Tia, isso aqui é a Câmara dos Comuns, quando a senhora passa todos os membros se levantam. O ridículo padeiro dizendo, mesmo quando apanhava, protegendo-se com o braço. Facilmente percebia olhos curiosos entre as folhas das árvores, das avencas, por cima do muro enquanto varria o terraço e, aquilo que lhe parecia impossível, meninos e meninas eram enviados para brincar nas plantas, no instante mesmo em que ela tocava piano, quem toca assim com tanto sentimento deve estar recebendo homens nas horas quietas, festejadas pelo amor. Quietas só as horas, a casa no maior alvoroço, na maior refrega, devia ser assim que as vizinhas conversavam, mesmo por causa da curiosidade. A verdade é que o piano de tia Guilhermina tinha alguma coisa de erótico, de sensual, capaz de provocar arrepios, queimor na carne e até desmaios. E ganhara outro apelido, tia Malagueta.

Noite nas sombras e liberdade da raça

Usava vestido de chita fina e inteiro, o cinto apertado na cintura, blusa de lã de mangas compridas, triangular na gola e meias brancas, pequenas, colegiais, soquetes, calçadas nos sapatos humildes de plástico. Ainda hoje choro quando escuto esta música que repetia agora, sem saber qual a razão, nessa manhã agradável que ela enfrentava com os olhos verde-cinzentos de quem teve uma noite de pouco sono, na vigília de sombras e vultos na memória, no passado. Ao acordar decidida vou sair para a manhã de sol, é um bom sábado para cantar e dançar, tomar umas e outras e cair no passo. De repente viu, saindo da sombra para a luz, na avenida quase deserta, um maracatu com bandeiras e estandartes coloridos, um deles, todo vermelho, com uma estrela de davi bordada em fios de prata e de ouro, lantejoulas, tons variados, rabecas e alfaias, surdos e taróis, tocando e dançando, vivendo esta espécie de primeira manhã do mundo com sol alegre, preparados, em reverência, para a alegria e para a humildade, para a descoberta do mundo, para o afeto de Deus. Sabia de tudo isso, em detalhes, porque Matheus lhe contava tudo, desde adolescente quando saía com os amigos e depois vinha direto aos seus ouvidos. O difícil mesmo agora era conciliar os ouvidos da memória e olhos do presente. Às vezes nem sabia distinguir o que era lembrança e o que estava vendo. Nem o que era invenção nem o que era verdade. Não era incomum que Matheus lesse para ela as crônicas carnavalescas dos jornais ou dos livros. Pegara o hábito de ler enquanto ela tocava piano. E, não raras vezes, lia em voz alta para ela, ou narrava o que lhe acontecia nas ruas, em fugas que conseguia para o ensaio dos blocos e acertos de marcha. Fazia longas e detalhadas descrições.

A raça que se levanta do chão

Ela própria não sabia quando ouvia a voz de Matheus ou estava vendo, testemunhava, ali diante dela: os homens do maracatu vestiam calças e camisas de brim azul, bem pobres, e calçavam sandálias japonesas gastas, muito gastas, alguns, homens de lança, com óculos escuros, e uma flor na boca, presa pelo caule entre os dentes. Difícil era entender o que diziam. Alguma confusão — mental? — com os tipos de maracatus, de baque virado ou de baque solto? Que interessava? Aquilo tinha a força de uma raça que se levanta do chão em busca de justiça e liberdade, um ritmo forte, com pausas entre uma batida e outra, cada uma delas fazendo tremer os prédios e os homens, como se arrancassem da terra o grito e a dor dos negros massacrados no passado, diziam as crônicas pernambucanas.

O encanto iluminado da negra

Por tudo isso se lembrava agora da Noite dos Tambores Encantados — o contrário da Noite dos Tambores Silenciosos — que vira fazia tanto tempo e que voltava com a força da libertação da raça, vendo ainda nos olhos e nos ouvidos da memória o espetáculo que mostrava negros e negras no grande balé popular, semidesnudos, aquela outra negra de grandes e belos seios derramados de suor e de paixão, se exibindo sozinha, em meio ao ritmo estonteante de atabaques, agogôs, surdos, caixas e berimbaus, as vozes se levantando das almas torturadas, feito ali mesmo estivessem sofrendo, naquela hora exata em que o corpo feminino recebia chicotadas e vergava-se à força de ferros, levantava as mãos e os seios saltavam no busto, cheios de um encanto macio e misterioso, a pele brilhando, enfeitiçada, agora mais forte, movendo-se de um lado a outro, de um lado a outro, agitando as grandes pernas, as coxas sólidas e igualmente molhadas, arrancando suspiros, gemidos e gritos, quase desfazendo a carne, quem sabe causando desmaios, porque ela própria já não sabia de que maneira se comportar, arrepiada e desfalecida, assim tocada em todos os sentidos, prestes a gozar, a atingir o gozo de plena alegria, enlevada pela sensação de liberdade e de encanto. Agora podia dizer que conhecia o perdão, o que era o perdão, porque aquela negra em movimentos tão ágeis, belos e leves sugeria o absoluto encantamento do grito de alívio no alto e no tempo, sem qualquer tipo de matéria ou obstáculo que pudesse interromper o gesto de amor, a realização do amor no infinito de gemidos e soluços, as pernas trêmulas, o desejo queimando no peito. Era aquela mulher, uma mulher no que ela tem de encantador e de envolvente, e o prazer aumentava ouvindo a voz de Matheus, menino ou homem? Tanto faz. Sim, ela mais do que perdoava, sentia a sutil humildade do perdão.

Agora, cantar e dançar

Tia Guilhermina anda naquele passinho rápido, rápido e miúdo, e segue, segue, sempre em busca daquilo que lhe parecia definitivo — não volto nunca, nunca mais volto, dizia da mente para as entranhas, queria cantar e dançar o dia inteiro, e não somente a manhã, para celebrar a ausência de Matheus e a liberdade dos negros, assim sempre vejo o Carnaval, o rito de celebração e de confraternização, da liberdade, uma festa de perdão, os brancos que se ajoelham diante dos negros e os negros que perdoam, dizia Matheus quando comentava o que via, depois do passeio na festa. Por isso gostava de manhãs de sol em clubes e associações de bairros, vivendo os amores de suor e de beijos, embriagada por tudo aquilo, desde que conhecera, ainda menina, a paixão da carne, louca pelo vizinho, esfregando-se os dois, quase sempre, pelos segredos da casa, pelas sombras dos quartos e quartinhos espalhados ali. Aquele amor de meninos lhe dera a sensação, sempre permanente, de que o amor lateja no sexo, no sexo e nos seios, no sangue que se esvai pelo ventre e pelas coxas.

Ama este tipo de festa, desde que a conheceu na década de 1960, há coisa mais constrangedora do que imaginar a gente vivendo no outro século, feito museu, igual à estátua no meio da praça banhada pela bosta dos passarinhos. No caminho vai encontrando grupos isolados na avenida e um sol ainda frio, as árvores marcadas por pequenas gotas por causa da chuva que marcara a madrugada. São os seres noturnos saindo dos cabarés das vizinhanças nas noitadas aventurosas de mulheres, homens, jogos e bebidas. Aproxima-se da sede do clube para participar da manhã de sol e logo adiante encontra alguns rapazes que improvisam uma pequena orquestra de tamborins, bombos, caixas e pratos, além de clarinetes, saxes e pistões então teremos manhã de sol hoje, manhã de sol é coisa do passado, vovó, tem coisa melhor, bem melhor, é só olhar. Então ela se volta. Ampara-se numa sombrinha cinza com pequenos arabescos escuros a modo de bengala. Ouve e vê três mulheres com dois homens cantando, em coral, envolvendo o braço na cintura, simulando um coral, cantando: "Mulher casada que anda sozinha, É andorinha, é andorinha,/ É andorinha, que sozinha faz verão, andorinha/ Cuidado, homem casado sozinho é gavião."

Encosta-se na parede enquanto espera o começo da festa, isso é velho, muito velho, estou voltando ao passado, não sou casada, não sou andorinha, nem procuro homem, por que então estou aqui ouvindo? Procura outra parede onde encostar a mão, protegendo-se, protegendo-se da tensão angustiosa do gozo. Estremecendo. Chega gente demais, saem pessoas das ruas, ruelas, esquinas, becos, piratas, leões, mascarados, sujos, bêbados vindos de ontem, da noite vagabunda, daquilo que chamavam de madrugada boêmia. Precisa respirar, precisa respirar fundo, porque a ansiedade e o desejo criam a sensação do vazio, espaços brancos, chamando-a para a sombra e para o chão. Algumas pessoas usam máscaras curtas, só nos olhos, e carregam fantasias de animais, outras cantam e batem em latas e tamborins. Gostaria de ter passado a noite entre eles, os bêbados, os boêmios e os sóbrios. Mas quando a orquestra dá os primeiros acordes iniciando o frevo "Lágrimas de um folião", tia Guilhermina, a dos olhos verdes, ensaia alguns passos, pulando no meio da rua. Ainda aproveita para beber o copo de cerveja que um rapaz lhe oferece. Prende a respiração para que o álcool circule mais lento nas veias. Joga-se inteira e violentamente no frevo, nos acordes mais fortes e nas harmonias mais densas. Começa o desfile do Galo da Madrugada, sente a pressão nos ouvidos e a falta de ar nos pulmões. Logo em seguida volta ao frevo sacudindo as pernas e os braços. Nem de longe parece aquela respeitável senhora de longos cabelos brancos, conservados zelosamente, outrora loiros, encurvada e rápida, às vezes rapidíssima, andando na ponta dos pés, que passeava todas as noites na praça da Torre, tendo de um lado a Igreja de N. S. do Rosário e de outro o campo do Arte — circulando entre árvores e bancos de concreto, sem falar com ninguém — antes de cochilar diante da televisão em casa. Detestava se ver uma velha dormindo na frente do aparelho de TV, sentia-se destruída e desmontada. Mesmo assim, saía para andar somente depois de tomar banho e de jantar à luz de velas com Matheus, o sobrinho que morava com ela, e com quem dividia solidão e abandono. A hora devastadora dos que se sentem à margem da vida.

Primeiro tocava piano ao crepúsculo, e Matheus lia os livros da história recifense, e ela inventara os dedos trêmulos, sentada na sala de visitas, os móveis antigos, pesados, naquela hora de pouco sol, de parcos raios que se estendiam na copa das árvores, olhando através da janela os quintais de outras casas —, abrindo espaços para a chegada da lua que ainda se mantinha entre longínquas nuvens, entre nuvens presas por dragões noturnos — como lhe disseram na infância — entre as serras e as nuvens; também lembravam cabelos de fogo, tingidos pelo sol. Ali tocava e tocava, os dedos suaves nas teclas até que escutava a água no chuveiro, desde muito tempo acostumara-se ao banho com Matheus, os dois nus e não se tocavam, não se tocavam, no princípio era assim. Essa era a regra. Ela tocava para o menino, que se sentava, depois do banho, na larga cadeira de palhinha, os pés suspensos, tomando um cálice de licor de menta, não mais do que um cálice, no silêncio do pensamento, vestido numa espécie de farda colegial, calça curta sob um terninho azul-claro, dois bolsos grandes, laterais, um bolso mais alto, menor, no peito esquerdo, com um lenço branco dobrado ao meio e cuja ponta aparecia no alto da roupa, três botões dourados. Iluminados por uma tênue lamparina que ela usava como se não houvesse luz elétrica, só por amor ao desejo. Depois que tocava a primeira melodia, um tango com certeza, ajoelhava-se aos pés do menino, beijava os seus pés e soluçava, soluçava, sem que as lágrimas surgissem, abandonada diante do amor impossível. E era quando ele lia em voz alta, bem alta, cantando e vibrando. Antes disso tudo os dois se embrenhavam na solidão. E cada um cumpria um papel, a tia sofrida e maltratada no coração que se desmanchava em agonia, enquanto o sobrinho, cheio de cuidados e luxos, exercitava o papel de plateia respeitosa, ouvindo e ouvindo, lendo e lendo. Será que ele se arrepiava, chorava na alma, cheio de inquietação? Ela dizia a ele, mesmo quando era um menino, você é um homem excessivo. Contenha os seus excessos e se prepare para fazer muitas mulheres felizes. Ficava tocando —- valsas, boleros, sonatas, suítes, tangos, sambas, Villa-Lobos, clássicos, Chopin, Debussy — até que ele se aproximava e se encostava no piano dizendo, com a voz ingênua e leve de criança, vamos, tia, e os dois iam juntos para o banheiro. Sentia logo um arrepio nos ombros e nos seios, as agonias que se intensificavam quando tocava na mão dele, eu sentia, mas não desejava, sobretudo isso: não desejar nunca. E me imaginava a mais linda mulher do mundo enquanto ele jogava água na bacia, transformava a bacia num mar, brincando com navios, barcos e bonecos de plástico. Ela cantava penteando os cabelos, a tia — cantava com o sangue forte e veloz nas veias e só por uma questão de costume fechava a cortina de plástico fingindo-se envergonhar, comedida e recatada, cantando na noite em que me quieras, cantavam quase em dueto, a tia esfregando o sabonete nos seios à mostra, aquele formigamento no sangue. Os dois riam e cantavam. A princípio parece que Matheus vira nela uma bela mulher de cera — pensava enquanto olhava-se no espelho, passando pó em toda a face para esconder as olheiras, que se tornavam ainda mais fundas, ouvindo também Matheus cantar, ao piano, em outras ocasiões, ele cantava: "tira pó, vitalina, bota pó,/"Moça veia não sai mais do caritó".

E depois ela passava o batom nas maçãs do rosto com os dedos para avermelhar a face, contornava os olhos com lápis preto, e as sobrancelhas — aprendera aquilo no tempo em que não conhecia blush —, e ainda pintava os cílios para destacar os olhos verdes mesmo quando estavam cinza de cansaço. No cansaço é que sentia mais desejo, desejo não, não posso sentir desejo pelo meu sobrinho, também carne e sangue meus. O sangue não pode falhar. Esquece tudo, agora, imediatamente. Esfregava o sexo para esquecer. E o desejo saltava para os peitos intumescidos. Nunca senti desejo por ele, só formigamento. Respirando fundo e dizendo isso é que não, nunca. Respirando fundo, ouvindo-o narrar a vida recifense... Batendo dente com dente, trincando, talvez mastigasse a língua e repetindo, repetindo sempre; isso é que não, nunca. Lamentando, chorando. Levantando a voz para cantar que será da minha vida sem o seu calor. Não posso, não posso e nem quero, gemia, não faz parte do meu sangue amar meu sangue, nem permito que isso aconteça, quase soluçava, agora tenho quero mostrar a ele que também não me deseje. Isso não se faz. Sou tia, sou mulher, não posso trair o sangue, e puxava Matheus pelos cabelos, deite a cabeça aqui no meu colo, filho, e nunca esqueça que sou seu sangue. Sinta o cheiro da minha roupa, o cheiro das minhas coxas, e quase que podia lhe dizer, do meu sexo, dos meus pelos, do meu suor. E terminava não dizendo nada, não dizia nada, nunca vou deixar você saber disso, me escute bem, nunca vou deixar você saber disso. Disso o quê? Não pergunte, meu filho, não pergunte, porque eu não vou lhe dizer de forma alguma, está sabendo, não está? Soluçava, desandava a soluçar forte, cortando as palavras que não queria dizer, não queria revelar, é mentira, meu filho, é mentira, não sinto desejo, não permita que ninguém diga uma mentira dessas, você está ouvindo, não está, meu filho?, só uma palavra me devora, aquela que meu coração não diz, lembrando a música gravada por Simone. Soluçando, continuava soluçando, soluçava.

 A voz de Matheus nos ouvidos da memória — daí a pouco, outras orquestras vão surgindo, animando um sem-número de palhaços, colombinas, pierrôs, rainhas e reis, numa mistura de sons e de danças, de instrumentos e cânticos desafinados, nem muito misturados, nem muito confusos na cabeça da mulher. A louca refrega do frevo, na mudança dos ritmos, provocando euforia, gritos e exclamações, violentas sacudidelas de braços e pernas, saltos imensos, e depois a marcha lenta, quase arrastada, de palhaços dançando no salão, tanto riso, ó tanta alegria, desmanchava-se em prazeres, sobretudo quando ouvia Matheus ciciando ao seu ouvido.

Com beijos ou sem beijos, agredindo-se e achando graça, riam todos diante de pernadas, rasteiras e empurrões, ombros contra ombros, pernas contra pernas, é o frevo, meu bem. Até ouvindo Zé Keti. Getúlio Cavalcanti aparecia com o violão seresteiro cruzando o busto, acompanhado de garotas tristonhas saídas do Bloco da Saudade.

O inegável ciúme das palavras

Não vai negar, não quer negar, o ciúme multiplicado quando escutava as leituras de Matheus, e ela própria também assistindo ao que ele lia. Afinal, era Matheus quem narrava, lendo, ou ela que via? Via outras garotas de biquínis, belas pernas, barriguinhas secas e lisas, sutiãs reduzidos, meninas de imensa ternura nos olhos e nas faces, rapazes de bermudas, sem camisa e descalços, era aquilo que desejava para a vida, não apenas a melancolia do banheiro. Percebia-se uma linda mulher, pequena, de cabelos louros, não muito fartos. Ao lado dela um homem musculoso, sem camisa, com os cabelos vermelhos, barba e bigodes pretos, um copo de plástico na mão, tentando os primeiros passos. Entre eles um outro rapaz de peruca azul, brincos de argola, movendo uma sombrinha no ritmo do frevo. Quase não se podia identificar a música tocada e cantada por uma multidão que já se reúne nas calçadas, nas ruas e nos bares, embora parte da cidade ainda dormisse embalada em sobrados imperiais, casas imensas, com jardins, quintais e casebres nos mangues, uns cantavam frevos, outros, marchas, sambas e até música sertaneja, uma refrega de sons, tia Guilhermina ainda limpa os olhos com o restante das lágrimas de "Ave-Maria dos Namorados", ouvindo a voz indecisa de menino vamos tia, e se prepara para os dias de Carnaval. Entra num bar e pede cerveja com queijo-do-reino. O corpo se sacode e ela está a ponto de se arrebentar na festa mais animada, coletiva e particular de Pernambuco, a partir dali, do Recife, com seus sisudos e apertados sobrados, de imensas escadas a espantar fregueses dos cabarés. Eles apareciam de uma distância incrível, no mundo da lembrança, da memória, como se Recife não existisse, uma das orquestras toca novamente "Lágrimas de um folião", de Levino Ferreira. Esse Recife morto era um Recife dos subúrbios, como a Torre. Morto no silêncio e na melancolia. Aquelas casas pequenas alinhadas no bairro proletário da vila dos operários. Seria uma crônica do Recife antigo? Lida por Matheus? Escrita por Matheus. Não, ele não escrevia mas inventava. Muita coisa não estava ali. Ele inventava frases, cenas, circunstâncias.

Era uma casa humilde mas cheia de pretensões — a Casa Verde da Torre, o jardim entre o portão e a entrada da casa, com paredes tendentes a branco, janelas e portas verdes, pintadas a óleo, fechadura e trinco de metal — um casarão, diriam as mulheres entre sorrisos. Ela própria quanto tempo não sonhara em viver num cabaré, os cabarés ficavam sempre ao fim de uma escada de madeira, íngreme, feito quem vive num monastério, retiro do mundo, coração nas alturas. Cercada de solidão e de silêncio, ouvindo o ciciar das folhas sopradas pelo vento. Com o encantamento de uma virgem que se prepara para sempre na prostituição sem homens. Preferencialmente sem homens. Para ela, a prostituição tinha alguma coisa de retiro, de distanciamento do mundo, de ausência. Prostituta é só, ela e o corpo. Nem amantes, nem amados. Com homens para sonhar e não para viver. Como existir de outra forma? Sabia que os cabarés eram feitos de solidão, onde é impossível a plenitude do sangue, onde se vive o amor sem lágrimas e adeus e onde a marca da paixão é o perfume com suor e talco. E ainda, para ela, a prostituta é um ser que estando dentro da paixão não participa dela. Via as amigas casar e se entristecia. Mais uma para guardar os quartos, as salas da casa, participante do mundo dentro dele e com ele. A solidão menos vulgar de habitar-se, de ser única, caminhando entre corredores, sem amparo. E não para vivê-la com a festa do corpo e do coração. Habitando espelhos e camas, lençóis e toalhas, aquela casa que parecia um monastério, com santos e santas solitários, sombras nos rostos, era inevitável ver as mulheres só de calcinha e sutiã atiradas nas camas, sem companhia, suportando os minutos do dia, despenteadas, descabeladas, às vezes nuas, vendo as rugas surgindo nos rostos, marcada por essa vocação de prostituta. Que afinal era ser prostituta? Amar sem compromisso de sangue? Puta não beija na boca, puta não se apaixona, puta não deseja homem, puta não anseia, puta não espera. Puta não se desespera. Mulher jogada na imensidão silenciosa do mundo. Era para isso que uma mulher servia — para alegrar uma casa, para torná-la feliz, sem alguém para interrompê-la. Cantava com força, junto ao coral da orquestra, um frevo de Capiba, de chapéu de sol aberto pelas ruas eu vou, a multidão me acompanha, eu vou, engolia copos inteiros da bebida, limpando a boca com as costas das mãos. No fim da garrafa já estava pronta para rasgar a manhã em movimentos da quentíssima música pernambucana. Não seria uma manhã de sol, coisa do passado, mas o extraordinário e maravilhoso desfile do Galo da Madrugada. Ali ela podia reviver as grandes alegrias do passado e rever a vida que ela chamava de um grande Carnaval. Empurrada pela multidão que se acotovelava na rua senta-se no batente de uma casa e pouco tempo depois já está cochilando. Ouve a distância os sons da música. As vozes se ausentavam cada vez mais. Vê bem diante dos seus olhos um palhaço que se move em pernas de mola como se fosse voar. Com medo agarra-se às pernas do palhaço, que solta um grito. Tem medo de se embriagar. E canta e canta chapéu de sol aberto pelas ruas eu vou... a multidão me acompanha, eu vou...

    Percebe a aproximação de um garçom com um guardanapo no ombro e um abridor de garrafas na mão direita, crianças soluçam e um leão atravessa a rua esturrando. Pede outra cerveja que vem quente, junta-se às crianças em choros e gemidos, abraçando-se a uma delas e logo tentando correr, gritava cada vez mais forte. Trombones e trompetes das orquestras superam gritos e gemidos. Fica cada vez mais tensa tentando acalmar as crianças, o palhaço das pernas de mola aproxima-se outra vez, embora tenha um ar protetor, os seus dentes de leão. Mandíbulas imensas e afiadas. Naquele instante reinicia a "Ave-Maria dos Namorados"... rogai por nós pecadores... Imita as teclas de um piano com os dedos, na verdade toca um doce frevo-canção, que aprendera ouvindo a voz quase infantil na sala de visitas da Casa da Torre, "voltei Recife, foi a saudade que me trouxe pelo braço,/quero ver os batutas dançando, tomar umas e outras e cair no passo".

Os cachorros do domingo

E aí os dois — tia Guilhermina e Matheus — passavam a manhã do domingo entre aplausos a eles mesmos, enfrentando o sol que entrava pelos janelões, avançando até o meio da sala. E ela olhando a rua, distraída. O domingo é sempre um dia sisudo, austero, talvez por causa do sol, todo domingo é dia de sol, de muito sol, os cachorros parece que andam pastando nas calçadas, eu sei, eu sei, cachorros não pastam, não os meus, os meus pastam porque são cachorros do domingo, filhos da solidão, eles, esses cachorros, andam sozinhos pelas calçadas, e estão sempre sós, caminham focinhando o chão e, de vez em quando, olham para trás, levantam a cabeça e latem, latem, latem. Não são poucas as vezes em que penso que cachorros são loucos extraviados, assim, porque eles pastam horas e horas e depois latem, latem, latem sozinhos, feito vissem coisas no estranho silêncio, calmos, quietos, vadios, e andam, andam, andam, mais tarde eu penso que a louca sou eu? Quem late, os namorados? Cantam a Ave-Maria... Quem mandou passar tanto tempo reparando cachorros? Foi quando viu, soberano na rua, o desfile dos caboclinhos — quem está falando é Matheus, não lendo, agora, não, agora não lia, falava, os caboclinhos formados, na maioria, por moças jovens bonitas e bem-feitas, peles amorenadas e lisas, ornamentadas por cocares com muitas penas coloridas caindo sobre os seios, seiozinhos também eles de pluma, ternos e suaves, prometendo escondê-los. Os peitinhos pulando e querendo se largar — são pequenos pássaros, ele falava sozinho, os seios das meninas que ameaçam voar para cair direto nas nossas bocas. E sonhava com aqueles belos e pequenos seios caindo na boca, molhados, criando asas. Tia Guilhermina achava que nos caboclinhos desfilavam as garotas suburbanas mais bonitas do Recife. As flautas doces, construídas à maneira indígena por grupos remanescentes do sertão, tocando aquelas músicas repetitivas e nostálgicas, às vezes monótonas, acompanhadas por instrumentos de percussão executados apenas por rapazes com o busto nu, vestindo um calção ou uma tanga de agave, os corpos pintados. Aliás, os rapazes tocavam instrumentos de madeira, surdos e caixas, com pequenas baquetas, mas não integravam os cordões da dança, deixando que as meninas se exibissem sozinhas, fazendo círculos, pequenos círculos e dando breves passos.

Nem sempre só, nem sempre acompanhada

Toda vez que falava em música, se lembrava do piano na sala de visitas da Torre, que ela, tia Guilhermina, a dos olhos verdes — cinza por causa do cansaço, às vezes em companhia de Matheus, que preferia tocar violão com os colegas no bar da esquina, ou jogar futebol no campinho do Sesi, ali perto da fábrica da Torre. No princípio não gostou, parecia-lhe indevido e grotesco que ele saísse para beber e jogar, deixando-a sozinha ao piano. Piano de moça prendada que só vai sair de casa para o casamento. Até que ouve alguém perguntar a senhora está bem, não interrompa minha canção, esfrega os dois olhos com as mãos, como se estivesse chorando, aí percebeu que um trompete tocava muito alto nos seus ouvidos. A rua está intransitável. Dali pode ver apenas pés descalços, sandálias, sapatos, botas, meias e meiões. E quase todos pulando, algumas pessoas faziam acrobacias aos empurrões. Batendo ombro com ombro, numa espécie de violência que pode explodir a qualquer momento. Tudo alegre, muito alegre. Com alguma coisa de agressividade. Coisa própria do frevo: agressividade, força, virilidade sem violência. O frevo exige muita violência interior, e nenhuma força exterior, embora tenha nascido para a luta. Espécie de arma dos negros para lutar contra os barões do açúcar, espécie também de capoeira. Orquestras, quase só de metais, tocando, e agora chegavam mais trios elétricos, os grandes caminhões sem carrocerias, apenas o lastro de madeira com bandas, dançarinos, dançarinas e cantores espalhando músicas e barulhos para todos os lados.

A terra treme e os vidros nas janelas se quebram. As pessoas se esfregam num suarento corpo a corpo de fantasiados ou seminus. A multidão se desloca na direção da rua da Concórdia que parece se alargar a fim de receber os foliões. Lembra-se que achara aquela rua muito estreita há cinquenta anos. Muito estranha, quieta e calada.

As portas abertas do Paraíso

Agora a memória, nem ouvido nem boca, só memória — havia lojas em ambos os lados. De pé, entre as poltronas no ônibus, via as lojas com grandes portas abertas e clientela pequena. Uns olhavam as vitrines, onde eram exibidas grandes fantasias de macacos, leões, girafas. Outras pessoas entravam e saíam rapidamente. Podia ouvir improvisados pregões de mercadorias. E era um fim de tarde frio e monótono. Haveria de passar ainda muitas vezes pela Concórdia, de ônibus, de táxi ou a pé, nem mesmo gostava dali com muitas lojas abertas, portas de ferro pintadas de cinza, azul e dourado, embora nem sempre em busca dos produtos à venda — televisores, refrigeradores, fogões, talheres e um sem-número de ferramentas, sobretudo para o trabalho doméstico. Parecia impossível acreditar que agora vivia uma manhã carnavalesca entre trios elétricos e orquestras de frevo, pequenas escolas de samba, de clubes e blocos de frevo, fantasiadas em tecidos baratos, pessoas seminuas, mulheres e rapazes desnudos, muitas fantasias, artistas famosos, conhecidos, desconhecidos, e misturando-se a ladrões, bandidos, descuidistas. Estabelecia-se mais um duelo entre o som estridente dos trios elétricos baianos e o romantismo das marchinhas e dos frevos-canções pernambucanos, sobretudo os de Getúlio Cavalcante.

Frevo com jazz, rainha e príncipes

Podia ler nos jornais, na manhã do outro dia — de repente, impossível saber se pulava o frevo ou dançava o jazz, porque Spok e sua banda surgiam na multidão. Procurava beber mais um pouco de cerveja para matar a sede ou para reabastecer o corpo com um tanto de álcool, alegria e tumulto. Estava chegando, com toda a sua maravilha, o Bloco da Saudade, reunindo muitos estandartes e muitas mulheres de variadas idades, fantasias também variadas, de muitas cores, faixas de reis e de rainhas, príncipes e princesas acompanhados de uma orquestra tocando frevos rasgados, os frevões de rua pernambucanos e inimitáveis. Havia pessoas paradas em barracas cantando boleros, moças e rapazes dançando tango, mole que mole mole. Também via na lembrança os carnavais de outros tempos — tempo, tempo, tempo, tempo, cantava Maria Gadú — quando mal podia ouvir uma música através de pequenos alto-falantes pendurados nos postes sem nenhum entusiasmo, andavam então pelas ruas desertas do Recife, onde os cachorros solitários pastavam e as pessoas diziam que era Carnaval, jogando talco e água umas nas outras. Havia as famílias mais tradicionais que preparavam e serviam grandes almoços — sarapatel, mão de vaca, feijoada, cozido, galinha guisada, galinha ao molho pardo, tudo regado a cachaça, cerveja e algum uísque, enquanto a radiola tocava frevos e sambas antigos; é claro que o almoço só saía depois das cinco horas da tarde, com muitos bêbados e quase nenhuma animação; batia o banzo da cachaça e da barriga cheia, o endereço da noite eram os clubes sociais, com desfiles suntuosos e grandes orquestras; às vezes passavam acanhados caboclinhos ou grupos de maracatu definitivamente desanimados; isso tudo à noite, durante o dia era mais animado.

Crônicas pernambucanas — caboclinhos e maracatus

Pela madrugada então tudo era ridículo e triste, homens e mulheres chamados de foliões andando de um lado a outro, casais apenas de mãos dadas, conversando, rindo, pareciam zumbis, a vida sem gozo, sem alegria, restava apenas tomar um copo de caldo de cana gelado com pão doce — nem de longe lembravam os caboclinhos e os maracatus de hoje, ricamente vestidos, com a participação de grupos sociais, golas de maracatus, estandartes, bandeiras, rabecas, rabecas e pandeiros e triângulos, triângulos e alfaias, caboclinhos e maracatus que investem em instrumentos e roupas caras.

Cenas de bonecos e a cidade sombria

Memória e crônica — antes, muito antes, as lembranças mais remotas, nas décadas de 1960 e 1970, às vezes passava um jipe sem capota tocando músicas ainda mais antigas nos rádios do carro — do começo do século XX —, com duas ou três pessoas jogando talco ou água nas outras, e quem vem lá? Quem vem? Quem arrepia? Os bonecos gigantes de Olinda, feitos de cera ou madeira, retratando famosos, escritores e políticos. Ariano Suassuna, Maximiano Campos, Renato Carneiro Campos, Eduardo Campus, Hermilo Borba Filho, Paulo Cavalcanti, Miguel Arraes, Pelópidas Silveira, sem mover os ombros, as cabeças indo e vindo, indo e vindo, indo e vindo, de um lado a outro, de um lado a outro. Outros bonecos pareciam pular e dançar e pular, enormes, sobressaindo-se na multidão. Mas na lembrança do antigamente, não agora, aquele tempo do brutal mela-mela, dos desanimados blocos de sujos, e de latinhas de som nos postes tocando frevo de um passado ainda mais distante. A cidade acinzentava-se e lembrava uma vasta manhã de segunda-feira, nada que pudesse refletir um dia de Carnaval, apesar do barulho, dos gritos e das músicas. Os pierrôs choravam de verdade e as colombinas derramavam lágrimas de desencanto e solidão. Era um Recife tão melancolicamente arrastado, nem sombra deste outro *agora* repleto de gente barulhenta e feliz gritando, saltando, em êxtase no desfile do Galo da Madrugada. Dava pena andar na Guararapes daquele outro tempo, um tempo da ditadura militar, em que o povo se aventurava no choro e no riso. Semelhante ao grupo chamado de Filhotes da Ditadura, ali também se exibindo.

Os pássaros cantam colorido

Teve que gastar dois dias nesta primeira viagem ao Recife, ainda está lembrada, não consegue esquecer. Na manhã anterior acordou muito cedo, pouco mais de cinco horas, tomou banho, os passarinhos cantavam no quintal, sobretudo o bem-te-vi, repetindo sempre bem-te-vi, bem-te-vi, bem-te-vi daquele jeito fino, simples e claro, outros respondiam. Gostava muito. Gostava muito, sim, e demais, dos pássaros, cantando assim, como se estivessem dentro da casa. Os adultos se incomodavam com os pássaros que pareciam cantar dentro de casa, cantar colorido, que os passarinhos cantam mesmo é colorido, quem dizia era Matheus, brincando com as gaiolas no terraço.

Com um pouco de esforço podia ver na multidão, de forma irregular e confusa, o bloco Os Passarinhos do Sertão. Na verdade, Matheus nem gostava das gaiolas, mas elas serviam, pelo menos, para atrair outros pássaros, que voavam das árvores para o terraço, e cantavam. Era a festa dos pássaros até que anoitecesse. O bloco contava essa história. Juntos, todos os pássaros cantavam juntos, revoando por ali naquele saudável hábito de se solidarizarem uns com os outros. Alguns pássaros vinham pousar na gaiola onde os outros estavam. E cantavam, e cantavam, e cantavam, com certeza pedindo socorro.

Mesmo assim nunca conseguiu pegar passarinhos nos alçapões e trazê-los para casa nas gaiolas. Cumpria todas as regras elementares — alçapão aberto num lugar silencioso da mata, milho e fruta na tarisca bem leve de madeira, saía para longe e, quando voltava, a mesma desilusão. Os pássaros não caíam na sua armadilha e o alçapão continuava vazio. Talvez até porque não concordava com aquilo, o sangue rejeitava. Naquele dia da viagem tomou café e se dirigiu correndo à agência onde deveria estar o ônibus. E o ônibus não estava, insistira em ir a Cabrobó, não pôde voltar porque chovera dia e noite, o rio transbordara. Voltou para casa a passos lentos, decepcionada, e, meia hora depois, chegou o pai que lhe oferecia um lugar na caminhonete de um amigo até Arcoverde. Viajou na carroceria, mas foi uma diversão. Via ao longo do caminho e da estrada de barro — emas, seriemas, lagartos, lagartixas, bodes e cabras, o mundo da natureza, tudo correndo no mato ainda molhado por causa das chuvas noturnas, e, sobretudo, camaleões, muitos camaleões mudando de cor, principalmente ao meio-dia, quando eram amarelos, verdes, azuis e brancos, até brancos, lembravam a bandeira nacional. O cheiro de terra e mato recendia a todo instante com destaque para as áreas mais enxutas agora tocadas pelo sol. Os animais cruzavam a estrada, quase atropelados pela caminhonete. Mas os pássaros cantavam muito, embora suas cores desaparecessem nas matas, porque havia muitas árvores, muito mato, muitas folhas, tudo muito verde, verde, verde. Chegara em Arcoverde entre o fim da manhã e o começo da tarde para o banho e o almoço. À noite deitaram-se ainda muito cedo para continuar viagem no dia seguinte, agora de ônibus. A viagem no começo menos emocionante transcorreu silenciosa. Depois desta primeira viagem de Salgueiro a Recife, o transporte era feito num trem arrastado e irritante. Não precisava passar outra vez na rua da Concórdia.

O demorado trem de Salgueiro

A entrada no Recife era sempre feita através de Moreno e Jaboatão, quase sempre contornando a grande cidade. Os vagões se arrastavam entre bairros pobres distantes e tradicionais, num roteiro proletário, por assim dizer. De qualquer modo tornou-se mais cômodo e mais tranquilo. Não podia negar que gostava muito daquela área da viagem, mesmo quando era noite e sentia apenas os cheiros das flores e dos matos. A escuridão não permitia ver casas e vilarejos. Precisava acordar ainda mais cedo, mas as poltronas eram tão grandes e confortáveis que podia dormir sem susto. Desciam nas estações para tomar café com pão ou bolo, permitindo-se almoçar no vagão-restaurante onde os pratos vinham cheios de poeira. Serviam refrigerantes ou copos de suco, com um prato de feijão ralo e um pouco de arroz e verdura, além de uma pequena bisteca. Em seguida voltavam ao vagão de origem onde cochilava na mesma cadeira de espaldar alto e confortável, onde sonhava com as pessoas e a vida lenta, quase se arrastando, de Salgueiro, com os bailes no Centro Lítero-Recreativo ou na Palhoça. Restava-lhe ainda pensar no Carnaval interiorano animado por orquestras improvisadas, escolas de samba e blocos pequenos, tendo sido porta-estandarte de um deles, subindo e descendo a ladeira da Bomba até se cansar, e cansar muito. À tarde desfilavam com carros abertos pelas ruas que nem de longe sequer remotamente lembravam o movimento de agora na rua da Concórdia. Havia naquele tempo aquilo que chamava solidão do Carnaval, blocos de sujos atravessando as ruas com cinco ou seis pessoas vestidas de fantasias de sacos de papel pedindo dinheiro e ensaiando cantigas em corais de gente desencontrada, geralmente carregando garrafas de cachaça e laranjas descascadas, tocando em violões, cavaquinhos, pistões e clarinetes. O Recife ficava nublado e se preparava para chover, o que acontecia nos fins de tarde, naquele ano em que ela chegou. Os grandes bailes ficavam para os clubes sociais à noite, onde era preciso pagar ingresso ou ter convites especiais e onde havia o duelo de duas orquestras, por noite. Além dos bailes ocorriam desfiles de fantasias luxuosas e suntuosas ao som de orquestras contratadas no Sudeste do país. O povo andava de madrugada pelas ruas escuras tocando tamborins ou latas vazias. No centro da cidade, rua da Palma ou avenida Dantas Barreto, sobretudo, e na pracinha do Diário, passavam maracatus, os homens com flores na boca, ou caboclinhos, liderados por garotas lindas, pernas e bundas de fora, com pouca ou nenhuma assistência do poder público, em passarelas paupérrimas, arquibancadas e palanques enfeitados de papel e bolas de plástico.

Celebração dos pobres e esmolambados

As pessoas se sentavam no meio-fio esperando outras agremiações, bebendo cerveja, guaraná, refresco, gelada. Comendo cachorro-quente feito na hora, com cervejas quentes. Aquela profunda solidão angustiosa de quem está no Carnaval sem participar dele. Na avenida Dantas Barreto, a prefeitura instalara arquibancadas para os desfiles populares dos blocos e escolas de samba tomadas pela pobreza e pela desilusão. As agremiações se sucediam ao som das orquestras pouco animadas e suburbanas. Somente na Quarta-feira de Cinzas saía o resultado. Esperava-se muito pelo que viria e quase sempre havia briga entre os disputantes. Mesmo assim o Carnaval era celebrado em vários bairros e tia Guilhermina gostava muito dos bailes da praça do Trabalho em Afogados.

Corpos de lama e gozo

Ali, os blocos e clubes se multiplicavam, aparecia gente de toda classe social vestida em molambos ou em fantasias estilizadas, de retalhos de pano ou de papel, sobretudo jovens e adolescentes, naquilo que chamavam de bailes populares. Eram dias e noites que ocorriam mais nos bares do que nas ruas, entre montanhas de cervejas e comidas gordurosas. Ali aconteciam as paqueras ou os primeiros dias de namoro, ou as fugas para as ruas paralelas onde eram passadas horas, e se davam os grandes beijos, apalpadelas, avanços sexuais, ou até relações naquele chão áspero e sujo, sobre o cheiro de urina, de lama, de fezes. Praticavam um sexo com tanta violência que pareciam estertorar. Rasgavam-se, na verdade, bundas, coxas e pernas e mãos nuas apareciam sôfregas. Rapazes encostavam-se nas paredes e urinavam; as mulheres levantavam as saias, se acocoravam sem largar a cerveja, que bebiam no gargalo. Tudo misturado ao cheiro de uísque, cerveja e até comidas, carnes e pães. Na saída jogava-se urina na multidão e demorava-se a voltar para o sexo ali mesmo praticado. Era impossível não perceber o clamor do sexo cantado, gritado, falado, apalpado e violentado, atirava-se novamente entre conhecidos e desconhecidos, entre abraços e beijos demorados, mas não era impossível observar aquele ar de solidão e nostalgia que começava a se instalar em plena madrugada de neblina e de chuva fina. Bastava olhar de lado e ver os corpos arrastando-se na lama, completamente sujos, quase na avenida Sul, mãos e braços surgiam, quase destacados dos corpos, desesperados ou magoados. Sofridos e em gozo. Naquela hora de sexo e loucuras, as mãos enlameadas estavam sujas de lama, crispadas, em garras. Mesmo que a orquestra estivesse perto ouvia tudo longe, muito longe. Andava sozinha de um lado a outro na rua paralela esfregando as mãos no rosto e limpando aquilo que parecia uma lágrima, às vezes se perguntava se é saudade e saudade de quê, ou lembrança do que nunca existiu — era mesmo dada a ter saudades do inexistente. Mas agora ali é vítima da noite distante sem nada para recordar ou sentir, apenas este Carnaval sem alegria, de poucas luzes ou de luzes apagadas. Envergonha-se de si própria esforçando-se para cair no frevo ou se integrar ao som que vinha da folia distante.

Abre a sombrinha e começa a pular o frevo, de um lado a outro, de um lado a outro, de outro a um lado, de outro a um lado, em torno de si mesma, de cócoras, num pé solto, e atraindo a atenção das pessoas que paravam para ver e, às vezes, para dançar também, num frenesi de altos pulos e rodopios, segurando o pacote na mão, em volta, gente a cantar, gente a dançar, gente a aplaudir, a vibrar, a suar, a beber no gargalo, ou em copos de plástico, até que ela pare, todos parecem enlouquecidos, juntando gente vinda de todos os lugares batendo ombro com ombro, peito com peito, barriga com barriga, suor misturado com suor, e, onde for possível, lágrima com lágrima, magrinha, a senhora dos olhos verdes-cinza-opacos tem que pular e dançar para viver o sonho ou sonhar a vida, mais acostumada ao movimento, ela que esperava uma manhã de sol preguiçosa e cálida dos tempos antigos sempre fora assim — maravilhada por festas daquele tipo, acompanhava pelo radinho de pilha os anúncios publicitários, numa ânsia de arrepiar os ossos, com a mão no queixo e a cabeça inclinada. Aquele tempo, doce senhora saudosa, entristecendo a paisagem, a vazia sala da repartição pública, onde trabalhava em companhia de Ana Beatriz, a amiga que tocava violino para duas tias surdas, junto a Conrado no piano. Às vezes, até, na presença de Matheus.

Mesmo empurrada de um lado a outro, e tentando sustentar o corpo no passo do frevo, ainda insiste em lembrar o dia em que entrou no Recife por Moreno e Jaboatão, passando pela avenida José Rufino até chegar a esta rua da Concórdia já agora atingindo a avenida Guararapes, com aqueles imensos prédios abandonados, andares inteiros sem ocupação, sem os antigos consultórios médicos, escritórios de advogados, massagistas, venda e compra de imóveis, num sobe e desce de escadas e elevadores. Coisa, para ela, completamente constrangedora, o abandono de portas e janelas sombrias, o som entrando pelas frestas, um remoto Carnaval distante. Velhos cinemas luxuosos e atrativos agora transformados em escombros. Nem os fantasmas relembravam os antigos beijos, abraços e esfregões, tudo em silêncio, grave silêncio de cinema que pesa na lembrança, e agora tentando evitar esses silêncios passados — a lembrar um campo de guerra abandonado. Sentiu-se tomada pela multidão da Guararapes, diziam um milhão de pessoas, entre elas os mascarados e os nus, os bêbados e os sóbrios, os quietos e os dançarinos. Todos os que se arrebentavam de cantar, de pular, de chorar e gemer. E ainda nem era mesmo uma manhã de Carnaval completa, mas apenas o seu anúncio num dia de muito frevo, comida e bebida farta descendo pelos cantos da boca, cantando, enfim, é o frevo, meu bem. "Se você fosse sincera,/Veja só que bom que era..."

Para combater o cansaço que começa a incomodar, tia Guilhermina decide entrar no prédio do antigo cinema Trianon, subindo as escadas desde o primeiro andar porque os elevadores estão parados. Sente uma leve tonteira quando passa de um andar a outro — o lugar fica mais escuro e o som das orquestras some. Pensa, e não mais do que por um instante, que talvez seja bom sentar-se numa poltrona do velho cinema e dormir. O barulho das ruas chega abafado como se fossem rezas de bocas fechadas nas procissões da Semana Santa no Recife. Procissões vespertinas que conduziam santos e andores pelas ruas atraindo multidões a rezar, a chorar, e vestindo negro. Conduzidas pelo amor a Jesus Cristo e sua misericórdia pelos pecadores. Apoia-se na parede e fecha os olhos.

A segunda-feira sombria

Quando acordava na segunda-feira da Semana Santa era fácil perceber que o Recife mudara. Um Recife estranho, esquisito, solene, austero, vazio, mergulhado num silêncio profundo, porque era proibido ligar rádios e televisões, assoviar, e até estalar os dedos, as ruas abandonadas, todo o bairro parecendo esgotado, com muito sol derramando-se nas ruas, portas e janelas fechadas, era até proibido namorar, nem sequer ficar nos jardins para aguar as plantas, esperando, olhando os curiosos de longe, se possível paquerando desconfiado, sem exaltação, o sentimento do pecado percorrendo o corpo, desfalecendo, os ouvidos preparados apenas para o repicar dos sinos nas igrejas. Os santos cobertos de roxo os bancos com almofadas, matracas estalando, os sinos de sons longos, pesados, se esvaindo na manhã sisuda. A menina tremia diante do Senhor Morto no altar, os joelhos, as mãos e os ombros esfolados de tanto apanhar, de cair e de se arrastar forçado, no chão duro, o sangue escorrendo na carne aberta e sombria, o Senhor rejeitado pelos homens, mesmo amando-os. As mulheres choravam, os homens tossiam. As pessoas deviam falar baixo, bem baixo, e aquelas que não tivessem ocupação imediata teriam que ir à missa e, se possível, mesmo sendo sempre possível, comungar. Quase sempre todos comungavam. Pais e mães, filhos e filhas, empregados, todos acordavam aí pelas cinco horas da manhã, iam caminhando, em silêncio, depois rezando com Bíblias e terços nas mãos. A matraca tocava, quase sempre, a matraca tocava; às vezes uma ou outra família resolvia rezar em voz alta. E as crianças brincavam, brincavam. Entre elas, tia Guilhermina, uma menina de cabelos louros e olhos verdes, que corria na frente do grupo, de repente parava e gritava: quem chegar primeiro tem a salvação eterna. Mas nem sempre acontecia, porque, na verdade, ela não foi criada no Recife, vinha especialmente para passar a Semana Santa e se acostumar com a cidade até porque, invariavelmente, vinham mais tarde estudar na capital. Todas as lembranças lhe eram contadas por amigos e amigas quando veio em definitivo. As rádios e televisões impedidas de transmitir músicas, só aquelas sacras, com os cantores e os músicos vestidos de preto, e de preferência sem pinturas nos rostos, nos olhos e nas bocas, todos irremediavelmente branquicelas, tocados pela grande dor religiosa, de cabelos cortados e sandálias do pecado. Bastava que os sinos tocassem e muitos se persignavam, queimando os joelhos no chão duro, e nunca, nunca mesmo, assoviando. Podiam queimar os lábios se fizessem uma bobagem daquelas. Nenhum movimento, nenhum trânsito, os carros trancados nas garagens. E a maioria deles coberta de lona e de tecidos. Na mesa pão e água. Muitos, muitos se refestelando em peixe e bacalhau, sem contar com o feijão ao coco regado ao vinho tinto. Era isso que chamavam de jejum. Mesmo os pobres e os miseráveis estendiam as mãos nas portas pedindo sacos de pão e mantas de bacalhau. Jejum era assim comida, farta comida, bebida, muita comida, vinho e cerveja, demais. Embora fosse anunciado nos jornais que a venda era proibida. Só nas matérias jornalísticas, porque os anúncios diziam onde as mercadorias seriam encontradas e divulgavam até os endereços de capelas e associações religiosas, onde as iguarias seriam distribuídas, gratuitamente, em nome do jejum. E ela, tia Guilhermina, admirava aquilo calada e censurando. Tudo em clara contradição com o silêncio de abandono das ruas, tão em cumplicidade com a Igreja.

Bandas duelam nos cantares

Agora o sangue corre mais forte e veloz nas veias e uma espécie de silêncio de mata com grilos cantando incomoda os ouvidos, fica parada. Move um pé, depois outro e se arrasta em busca daquilo que lhe parecia ser a verdadeira vida. Alguém deve ter aberto uma janela porque um jorro de frevo irrompe e ela quase é empurrada do degrau no mais alto da escada. Equilibra-se e segue na mesma lentidão. Procurando ficar alerta aos ruídos. Abre o janelão e, arrastando-se, passa para o lado externo do cinema Trianon, andando na marquise. Expunha-se a gritos e aplausos. Tenta caminhar entre fios soltos e quase não sabe onde colocar o pé para evitar um choque elétrico. Daí tem que se sentar. Tensa e ensurdecida pelos gritos, sobretudo agora que os trios elétricos entram triunfalmente na avenida Guararapes. É quase uma luta aberta entre Pernambuco e Bahia. Um trio elétrico baiano, cheio de músicos e instrumentos de percussão, sobretudo tambores, impunha uma música estridente, altíssima; um pouco ao lado esquerdo, na direção dos Correios, surge a frevioca, com Getúlio Cavalcanti, uma orquestra de frevo, violões, e, pulando o passo, no chão, um grupo do Bloco da Saudade, lembrando seu Sebastião.

Aos olhos da multidão

Mas não há duelo algum, é apenas uma forma de celebrar a festa. A forma baiana, cheia de barulho, mais percussão do que sopro, e a pernambucana, triste, lenta, melancólica, mais palhetas do que metais, na verdade, metais apenas no frevo rasgado, bela na sua maneira solitária de estar entre os foliões. Um duelo de sons e de ritmos. A princípio não pode olhar para baixo porque fica tonta. A multidão subindo e descendo em ritmos confusos, puro movimento intuitivo pela avenida Guararapes — dali pode ver bem perto a ponte Duarte Coelho, e as lanchas enfeitadas deslizando o rio Capibaribe —, parecendo protegida por uma enorme bandeira azul com um arco-íris ao centro, e que tremula no prédio dos Correios, e talvez pela idade, talvez pela fragilidade, sua presença ali chama logo a atenção dos foliões. Tia Guilhermina parece triunfar com os cabelos brancos e os olhos verdes, e uma estranha sombrinha feito uma bengala, dando breves passos da dança. É recebida com apupos, palmas, e ela, pela primeira vez exposta à multidão, não sabe como se comportar, talvez pudesse ficar ali se tivesse um piano, ou, quem sabe, em companhia de Matheus, para cantar um bolero ou um tango ao violão. Pura exibição desabrigada.

Os Dias Perdidos

E de repente, sinto aqui o frio de ali.
Toca-me no corpo, vindo dos ossos.

FERNANDO PESSOA

Bundinhas e bundões tremelicando

Com muito esforço, apoiando a mão direita no cimento, fica de pé, volta-se para um lado, volta-se para outro, sempre se equilibrando, e levanta os dois braços, feito quem rege uma gigante orquestra, toalha de linho branco na mão direita. Canta-se "Bandeira branca" com alguns instrumentos de percussão tocando ao fundo, num ritmo de marcha, semelhante a quem canta, de verdade, as lamúrias de um amor perdido, centenas de lenços acenando. E aplausos, muitos aplausos, assovios, refrões, logo a marcha é acelerada, em ritmo de frevo, e o povo já se sacode com mais vigor. Percebe que as pessoas identificam nos seus gestos uma espécie de adeus ou de saudação. Mas ali se realiza o Grande Espetáculo da Terra, até porque pode ver grupos teatrais exibindo-se fora dos palcos para ganhar a mais escancarada arena de exibição. Na verdade acredita, por tudo isso, que as festas atormentadas do Carnaval são propícias ao fim de namoros, de compromissos ou de empregos, até a retomada na quarta-feira. Tempo para liberdade ou liberdades. Isso mesmo, o melhor do Carnaval é justo as liberdades, sem horários para nada e sem justificativas para possíveis e levianas aventuras sexuais, não para ela que apenas olha e não faz nada, ou até para se meter em farra braba em qualquer horário do dia ou da noite. Quem estava falando? Dizendo aquelas coisas? Falava ou lia? Era Matheus, sem dúvida era Matheus. O menino Matheus lendo no domingo à tarde, dizendo aquelas coisas e comentando. Até porque Matheus não apenas lia e mesmo quando lia era de uma veracidade incrível, mais ator, competente ator, do que leitor, mero mesmo, desses que atropelam as palavras e misturam as frases. Era de uma forte certeza, de convicção no texto, dando-lhe a vida que faltava nas tardes domingueiras. Fizera tudo o que era possível fazer, a vida inteira, sem nunca ter explicado uma palavra a ninguém, embora fugisse sempre do sexo — tinha medo, sempre, que os homens passassem do limite. Bastou a festa e o sexo inteiro aflorava em todos que brincavam o Carnaval. Não é difícil perceber casais abraçados, já aos primeiros beijos libertinos, esfregões e apalpadelas, mãos que arrancavam bustiês, calcinhas descendo perna abaixo, e aquela vontade quase incontrolável de estar ali também. Atenta mais ao ouvido da memória para ouvir Matheus. E com ciúme, um incrível ciúme, sobretudo quando ele repetia, a boca cheia de desejo, as palavras saborosas, peitos e o acarinhado peitinho, cheio de prazer e luxúria, peitos e peitões, peitinhos, saltando nus, bundas, bundinhas e bundões tremelicando. Tremelicando? Tremelicando não é palavra de Matheus? Deve estar lendo. Essas partes íntimas, tanto de jovens quanto de velhas e velhos, o mundo transformado num único e duradouro prazer.

Por isso não sabe distinguir quando ouve a voz de Matheus, ou quando ela mesma derrama a visão no sangue. Alguns bebem, outros jogam bebidas para o alto, verdadeiros banhos de cerveja. Cangaceiros e fanáticos duelando na praça com Antonio Conselheiro — batina, cajado e barbas longas — e Lampião, cheio de anéis e de estrelas, chapéu de palha e armas; é lamp, é lamp, é lamp, é lampião; o sertão vai virar mar e o mar vai virar sertão. Centenas de bocas abertas, cantando, com dentes, sem dentes, banguelas, ornamentadas por bigodes, sem bigodes, com barbas, sem barbas, com batom, sem batom, com máscaras nos olhos e narizes, sem máscaras; muita agitação, muita gritaria, muita cantoria. Recomeça a ficar tonta. "Bonitinha, mas ordinária" passa inteiramente nua com a maravilha de peitos balançando no busto, e os longos cabelos batendo no ombro. Uma cena incrível daquilo que lhe parece um bacanal, os casais embolando pelo chão para depois pular.

Simplória classificação de peitos — as crônicas

Cantando, gritando, gemendo. E logo se abraça à toalha, fios de cabelo no ar. Matheus falava e ria, e ela reclamando não ria dos outros, meu filho, sobretudo das mulheres, elas não merecem. O rapaz fantasiado de "Cabeça de touro", com chifres no chapéu, baila sozinho entre os foliões, saltando cada vez mais animado. Surgem vários tipos de seios nus peitinhos e peitões, quietos ou buliçosos, tristes ou magoados, aquele chamado "revólver de bandido nervoso", um peitinho duro, com os bicos empinados, pudim ou delícia, pura delícia, "Olha para o céu, meu amor", os biquinhos buliçosos apontando para o alto, "Peras ao vento", os peitinhos em forma da fruta, sacudindo-se nos bustos, arredondados, sacolejantes; "Mamão na salada", peitinhos protegidos por sutiãs, ainda seminus, e grandes, e fartos e belos. "Os deliciosos Peitinhos Murchos", o bloco formado por garotas com os seios arriados, secos, sem vida, mas lisinhos e molhados de suor. Curiosos, os "Jerimuns na praia", grandes, sem regularidade, secos, caídos, batendo no umbigo. Era Matheus falando?

Troças celebram derrotas brasileiras

Tia Guilhermina percebe ainda o que lhe parece uma espécie de teatro ao ar livre: o caminhão com um som possante cheio de mulheres e homens gordos, gordos e nus, lambendo-se uns aos outros, como quem saboreia leite e mel, uns sobre os outros. Um desses casais amarrado no capô, aos beijos e abraços, ela com os peitos enormes balançando e ele deitando a cabeça no ombro esquerdo dela, em performance que arranca sorrisos e gargalhadas, desejos. Desencantada, a mulher do drama carnavalesco chora, ou finge chorar, o choro amargo e silencioso sem soluços de que fala o poeta, só lágrimas descendo pela face. Aos pulos, mesmo sem alegria, vinha a troça carnavalesca "me dá um dinheiro aí", que celebrava o pobre dinheiro seguro nos bancos e, mais ainda, descalços, pintados, vestidos de preto, com estopas pretas cobrindo os cabelos, o bloco cívico-popular "Não me Deixem Só", liderado por dois bonecos — um deles representando um homem alto, forte, olhos cheios de ódio, o rosto trancado, cabelo ensopado na brilhantina, tendo ao lado, de braço dado, uma mulher mais baixa, de cabelos louros, aparentemente risonha. Ali dois grupos que esperava encontrar, um deles já encontrado. As Guerrilheiras de Tejucupapo, mulheres altas e fortes lutando pelos maridos com facões, foices e talheres de cozinha, na expulsão dos holandeses, *e, mais além, pouco mais além*, a troça carnavalesca que lembrava os duros tempos, com o título doloroso e angustiante de Filhotes da Ditadura. Sente uma espécie muito estranha de emoção, o estômago aperta, vazio, e os seios se arrepiam com a intensidade de um carinho surpreendente, desses que aparecem sorrateiros na madrugada de dois corpos numa cama, quietos no silêncio da expectativa, de quem sabe que os prazeres se reúnem na preguiça prazerosa das sombras e dos lençóis. Tudo isso para dizer que sente uma tormentosa agonia por causa dos seres humanos transformados em feras.

De tudo a maior ofensa — assassinato de jovem

E, de repente, uma imagem, uma imagem que nunca lhe saiu dos olhos, faz tanto tempo, no dia do golpe, o grupo teatral Filhotes da Ditadura representando a morte daquele menino caindo morto no chão, tia Guilhermina não esquece, o grupo representando o exato momento em que o estudante inocente foi assassinado na Dantas Barreto, perto de onde se encontra agora. Representação mesmo. O rapaz — depois soube-se chamar-se Jonas — os jornais disseram cantava o Hino Nacional e era fuzilado, desarmado, apenas com a carteira de identidade na mão. Um tiro único, um tiro só, execução sumária, perfeita, imediata, rápida. Os gritos em torno dele, não lhe deram tempo sequer para gemer. Era isso. É aquilo. Em pleno sábado de Carnaval, o bloco fantasiado representava o princípio da dor, o começo da agonia, o ovo da serpente.

Foi testemunha do primeiro — e tantas vezes repetido — crime militar da ditadura porque saíra de casa logo cedo, e na avenida Conde da Boa Vista um guarda de trânsito lhe dissera não é proibido, moça, mas não vá, o golpe está nas ruas, eles podem fazer tudo, o governador Miguel Arraes já foi preso, a tropa marcha de Minas para o Rio, volte pra casa, moça, volte, não vá, foi, e ela foi para a Guararapes, onde está agora vendo a representação do passado, o Carnaval com seus grupos alegres, mesmo aquele irônico Filhotes da Ditadura. Os negros no maracatu celebrando o perdão, e as negras exibindo tão belos corpos molhados de suor, óleo e perfume. Naquele dia, tanto tempo passado, o povo estava na rua para acompanhar o ato de força, interferindo até onde fosse necessário. E havia mesmo necessidade? Que necessidade era aquela de fuzilar estudante desarmado acreditando que cantar o hino era proteção suficiente? Sentou-se no bar Savoy, na calçada mesmo, onde havia tanta gente, colocou a carteira de cigarros e o isqueiro sobre a mesa, pura imitação dos cafuçus. Pediu uma cerveja. Depois desistiu da bebida para ver a luta de mais perto. Pagou e se retirou. Na Dantas Barreto aconteceu o fuzilamento, pegou o Fusca e voltou para casa. A população estava assustada com tanta violência. Até porque se acreditava que era possível sair da crise política sem derramamento de sangue. Ouviu no *Repórter Esso* o honroso comunicado do governador Arraes. Agora era cair no tango e no frevo. Golpe começava com força. Aliviava a angústia e a dor na presença de Matheus, que tomava banho nu. Os dois trancados, e a relembrança do fuzilamento. Nunca mesmo ia esquecer aquele tiro, o rapaz ensanguentado, caindo sobre uma poça de sangue. Dava banho no menino, as mãos ensaboadas deslizando na carne, na pele. Quando dizia carne, estava pecando. Não, não queria que isso acontecesse, mesmo quando as mãos corriam com sabor, nas coxas e no púbis, sem que ele tivesse desejo, não desejava excitá-lo...

No domingo do agora Galo da Madrugada, o povo continua aplaudindo-a. Ela, então, se lembra do pacote embaixo do braço. Senta-se, abre-o e ouve os aplausos se tornarem mais fortes; sem entender, fica ajoelhada e começa a trocar de roupa; no pacote há uma camisola de lingerie, calcinha e sutiã, leves e sutis os gestos dos ombros. De pé, tira o sutiã, dessufocando os seios, balançando-se, um arrepio de morte ou de prazer?, disposta a cobri-los com as mãos, ainda que as mãos, assim como os seios, sejam pássaros agitados. Permanecem nus expostos aos aplausos e à gritaria, as mãos na cabeça. E os braços abertos, bem abertos. Os seios de tia Guilhermina são maravilhosos. Empinados e leves, sem excessos, puros e belos. Arredondados e simples.

Dança e nudez entre gritos e aplausos

No entanto, ela só parece perceber mesmo o que está acontecendo quando a orquestra de um camarote ao lado começa a tocar músicas que lembram striptease ou mulheres somente se despindo no segredo do quarto de casal ou no teatro; no cinema, talvez; dança do ventre na rua, essas exibições. Por causa dela e por causa da sua licenciosidade, todos, homens e mulheres, a imitam, despem-se, jogam roupas para cima, abraçam-se, beijam-se. Desfile de nus na Guararapes. E é interessante olhar aquela gorda com um biquíni curtíssimo, que desaparece coberto pela barriga imensa, a banha cobrindo o ventre; três ou quatro casais reunidos num único abraço, nus, embora apareçam também algumas pessoas que pedem para que vistam as roupas e parem com os abraços e os beijos, os aplausos e os beijos, numa parte são atendidas; noutras, não. Os gritos aumentam, mudam: ela fica também quase inteiramente sem roupa, na hora de tirar a calcinha estremece, com os dedos finos e delicados sustentam a peça íntima, é quando começa a tirá-la, sentindo um frio no busto, e no estômago, nas coxas e na virilha, ainda mais estremece, e estremece com a garganta fechando de ansiedade, respira com dificuldade, a calcinha desce nas coxas, o púbis treme, as carnes se sacodem, já não suporta o sangue latejando nos seios, precisa mover os joelhos, estariam os olhos fechados, dobra o joelho e já não está mais protegida, inteira e completamente nua sente o próprio perfume, o suor pegando na pele, vira-se para um lado, vira-se para outro, onde estaria a camisola? Para que camisola? Por que pensara nesta bobagem agora? Exibe os lindos e pequenos seios maravilhosos, uma senhora, uma bela senhora com os peitos expostos. Tão meiga e tão forte. Tão maravilhosamente inquieta. Alguém grita perto, quase aos ouvidos: "São, lindos, lindos." Um soldado do Corpo de Bombeiros, que sobe na marquise, se é que aquilo era uma marquise mesmo, procura ajudá-la a todo custo; o Bloco Madeira do Rosarinho surge na esquina da rua do Sol com a avenida Guararapes, em todo o seu esplendor, os estandartes, as bandeiras, as músicas e as luzes. Cordões com homens e mulheres fantasiados ou não que dançam circulando pela rua. O Galo canta, aquele Galo gigante de mais de três metros no meio da ponte, canta, começa a cantar, está cantando. Ei, pessoal, ei, moçada, Carnaval começa no Galo da Madrugada... É como se o Recife inteiro cantasse o êxtase do seu corpo, de sua seiva, dos seus seios maravilhosos. Ali ela sente os pelos do corpo soprados pela alegria da nudez, a pele viva e acesa para abraços, beijos e abrasamento. A sensação de que a vida mergulhava em cada um dos seus poros, tia Guilhermina entusiasma-se com o desfile do Madeira do Rosarinho, cantando madeira que cupim não rói, e quase não percebe quando o soldado do Corpo de Bombeiros se aproxima e segura-a pela cintura. Ela pretendia se transformar na dançarina que sempre sonhou ser. E ele parece um parceiro de dança erótica. Dançarina de cabarés e cantora de boleros, que fazia demonstrações para Matheus. Mostra os peitinhos pequenos, os seios de tia Guilhermina, que Matheus dizia, maravilhado, pequenos e roliços, marcados por estranho viço para uma senhora com tanta idade, embora ouça assovios, e sinto uma espécie de estranhamento, uma agonia que sobe da goela da multidão agitada e excitada. Os Bombeiros ainda insistiram para que ela se vestisse logo. Solta os cabelos. Quer pular. De tanto entusiasmo sente vontade de se jogar na multidão. Tenta pular, mas é dominada. Sem forças, para de resistir. Mostra-se desajeitadamente erótica, com gestos engraçados, provocando mais risos do que aplausos. De propósito sacode os seios e move as pernas neste louco balé, lindo balé exclusivamente para striptease. É conduzida para um dos camarotes onde, bem protegida, pode, enfim, recompor parte da roupa, vestindo o sutiã. Parece agora confundir strip com rumba, e balança a bunda rumbando. O soldado coloca uma capa vermelha nos ombros dela, tentando protegê-la. Está transformada na rainha do frevo e do maracatu. Lembra-se de como sua vida é rica com Matheus, o sobrinho, um menino ainda que também tentara aprender piano, mesmo que ela própria se acompanhasse num teclado imaginário enquanto cantavam boleros e tangos, frevos e marchas... Ei, pessoal, ei moçada... Carnaval começa no Galo da Madrugada...

Com o medo dos olhos inquietos

E aí veio o advogado — advogado? Advogado, tia Guilhermina? De onde vem este? Nesta hora? Nesta hora de strip, de rumba, de bunda balançando? Naquele tempo, lembra-se do advogado que foi buscar Matheus para levá-lo a Dolores.

Nem mesmo ela sabe que estava com os nervos tão abalados quando viu o homem com aquele terno de linho branco, amassando o chapéu de massa também branco, na mão, e ficou verdadeiramente transtornada. Não é Matheus que lhe conta, mas ela que viu, não são os olhos dele nem os ouvidos da memória, sãos fios do pensamento. A ausência de namorados não lhe fazia bem — embora a rigor nunca tivesse namorado, assim como nunca deixou de namorar. Encheu-se de temor. E andava, andava, andava dentro da casa, não podia suportar o nervosismo com seu passo miúdo, não podia parar em lugar algum. E também tinha medo dos olhos do advogado, sobretudo porque ele ensaiava dizer alguma coisa e os olhos brilhavam, o advogado podia dar um boa-noite, por exemplo, ou, quem sabe, cantar, até mesmo dançar, meu Deus, era possível cantar e sua voz ficaria impregnada naquela casa solitária com cheiro de flores e ela teria que conviver com aquilo durante muito tempo, mas todos permaneciam calados. O advogado — ainda bem — demorou pouco naquela escura noite silenciosa. Imaginava-o abrindo os braços para um boa-noite, em meio a um bolero nostálgico, a voz cheia de lágrimas, a garganta soluçando, o mundo coberto de ansiedade. Decidiu então sair de perto, ou, quando não, evitá-lo. Daí impedia que ficassem na mesma sala — ele e ela não deviam se encontrar —, no mesmo corredor ou no mesmo terraço, estava claro que Matheus percebia tudo e continuava silencioso, tão discreto era.

Preencheu a ausência do sobrinho na hora do piano — cantava e cantava no salão grená. Não suportava os banhos sozinha, armava-se com uma vassoura, e varria, varria, varria a casa inteira, ocupando-se, até cansar. Tocada pelo silêncio e pela ausência.

Embriaguez agoniosa com cachaça e cachorro-quente

Agora o Cachorro do Homem do Miúdo circulava pelas praças do bairro da Boa Vista, numa marcha lenta, muito lenta. Embriagado, o homem bebia a cachaça que carregava para vender, cantava junto com os sons que chegavam do Galo da Madrugada, sem ninguém para aplaudi-lo ou ouvir. Bebia mais e mais num copo de plástico ou no gargalo da garrafa, parando às vezes para cozinhar um tira-gosto, um cachorro-quente feito daqueles ingredientes que estavam pendurados na carroça. E sempre, fazia questão de não esquecer, dava um gole ao cachorro. E, outras vezes, deixava cair um pedaço de carne para o cachorro, que orientava o caminho das ruas e dos becos.

No instante, um só, em que o advogado a olhou, naquele jeito de permanecer sentado com o chapéu entre as mãos, também parecendo tímido, ela saiu correndo apressada no seu passinho miúdo e foi para o terraço respirar fundo, tão fundo que começou a tossir, quase perdendo o fôlego. Como agora ao descer as escadas internas do Trianon, em cuja marquise estivera dançando com elegância, ou antes, onde se equilibrara envolta numa toalha de mesa e o povo aplaudia, assoviava e apupava, agitando lenços brancos e cantando. Nunca ouvira a multidão cantando tão bem. Um verdadeiro coral ensaiado.

Não podia esquecer como fora boa aquela exibição pública em meio a um Carnaval animadíssimo, diante do Galo, do majestoso Galo plantado ali na ponte Duarte Coelho, a princípio vestida apenas em roupa íntima, depois nua e em seguida mostrando uma capa vermelha dos bombeiros, exibindo todos os seus dotes que, contra a própria vontade, teve que esconder durante tanto tempo, exposta somente aos olhos de Matheus, mesmo que tenha sonhado a vida inteira em ser uma prostituta, mesmo que fosse prostituta sem homem, metida num casarão silencioso e quieto. Os aplausos aprovam seu corpo nu, as curvas, os seios. Se tivesse ficado nua para os namorados ou para os homens eventuais, teria sido aplaudida a vida inteira. Todos teriam gostado de vê-la nua, a exibir as paixões.

Ao atravessar a porta do cinema em direção à rua sente vergonha pela primeira vez, escutando piadas e palavras de desaprovação. Cobre o rosto com as mãos e finge cair no passo, animada e feliz. Baixa a cabeça e só aí percebe que está ainda sem a roupa íntima e ouve vaias que lhe causam arrepios. Pensa em retornar à sala do cinema, mas não tem tempo, o rapaz do Corpo de Bombeiros toca levemente no seu ombro e pede vamos, senhora, vamos, é melhor sairmos logo daqui antes que haja tumulto. E saem imediatamente, apressados entram num carro, na tentativa de se afastar rápido. Desviam de pessoas, de grupos, de troças, até que ela ouve a sirene e a certeza de que estão indo para distante, para um lugar mais seguro, onde não seja necessário fazer striptease.

Um cachorro embriagado?

Tocando pandeiro e bebendo cachaça, o bloco O Cachorro do Homem do Miúdo avançava a tropeções e andadas irregulares no bairro da Boa Vista. Ao som do frevo e do frevo-canção procurava espantar a tristeza neste dia de Carnaval, mas o que conseguia mesmo era aprofundar a agonia dos espectadores e das raras pessoas que ficavam de pé nas portas e nas janelas. Não era nada romântico ou lírico observar aquele homem com fantasia de Carnaval, acompanhando um único cachorro, a tocar pandeiro e a cantar como quem se despede do mundo. Apesar do sol quente e cheio de faíscas da cidade do Recife, parecia que estava prestes a chover, as nuvens pesadas e cinzentas se formando por trás dos altos edifícios. Quem estava mais bêbado? O homem ou o cachorro?

Sem repouso nem perdão

Enfrentando dificuldades, ela e o bombeiro avançam em silêncio por muito tempo, embora o rapaz tentasse falar uma vez ou outra. Percebem, logo, que é melhor o silêncio. Tia Guilhermina prefere não ir a qualquer hospital ou clínica para aferir a pressão, repousar, depois cair na gandaia novamente ou voltar para casa, como era a vontade do bombeiro, expressa a ela logo no início da viagem.

Uma rainha exposta ao sol

Mesmo assim, na parada de sinal vermelho ela salta do carro e leva a sombrinha protegendo-se do sol, não esquece de procurar um bar, a capa vermelha sobre os ombros, a modo de manto, aberta no busto, onde nem sequer a leve blusa de lingerie lhe daria proteção, e os seios à mostra, em gesto que não se pode dizer que fosse de propósito ou por um descuido qualquer, ainda que tenha maior vontade de vida. Anda com a capa vermelha e a sombrinha, usada a modo de cajado, feito uma rainha extraviada, até onde possa beber alguma coisa, ainda que tenha maior sede de vida, anda. Vê uma porta aberta. Para e entra. Na verdade, é uma antiga, antiquíssima mercearia, dessas bem velhas, com um longo balcão velho, ensebado, onde se vê um cesto com ingredientes de feijoada, paio, gordura, salame, salaminho. Queijo-do-reino, queijo de coalho; além de pães quentes e uma caixa de feijão-preto, muito feijão, claro. Somente o dono serve, mesmo assim movendo-se com lentidão, português lento e pachorrento, porque durante quase todo o tempo permanecia encostado nas prateleiras de fundo, junto das garrafas empoeiradas, os braços cruzados, despreocupado e sonhoso. Assim, ofereceu a tia Guilhermina um velho penico para que possa tomar cerveja, diz. E ela ri, ri com o sorriso que parece carregar sempre naquelas ocasiões. Mas antes de beber, ergue o penico com as duas mãos e se coroa. Há mercadorias também amarradas em pequenas cordas cujas extremidades, imitando um anzol, têm sempre um pedaço de arame. Toucinhos, peixes, piabas, queijos. No chão, caixas, caixões, caixotes, cascos de pano e sacolas de papel, além de um cofre verde no canto junto à porta que leva ao interior da casa. Outra vez o bombeiro vem dizer alguma coisa no ouvido dela, que balança a cabeça afirmativamente. Da calçada da mercearia ria andando para casa. Aliás, fora o que fizera desde a manhã quando saíra do bairro da Torre para o centro da cidade, andando e andando com a certeza de que teria um dia feliz. Convencida de que talvez durante o dia ou talvez durante o Carnaval pudesse encontrar uma pessoa — substituta de Matheus, sem dúvida — de quem não tivesse medo e pudesse acalmar o coração, o velho coração cansado de pianos, boleros, tangos e rumbas solitárias, às vezes em companhia do sobrinho, às vezes diante dos sonhos estraçalhados. Por isso levara a camisola, as peças íntimas, lingerie, além de batons, pós e lápis negros para os contornos dos olhos verdes. Sem pressa, porém, viera andando e agora volta andando para espichar o tempo. Ali na mercearia não há Carnaval, mas apenas um velho rádio de mesa que transmite o desfile do Galo da Madrugada, com pouca música, barulho e a voz laudatória do locutor e mais algumas entrevistas de foliões, autoridades e dirigentes da agremiação. Por um instante para de andar, senta-se no meio-fio e enche o penico com a cerveja cuja lata traz na mão, quase escondida. Bebe, segurando o penico com as duas mãos, e bebe sequiosamente, movida por uma sede de deserto.

A boca aberta do frevo

Não dá ânimo dançar e pular ao som de um rádio daqueles da mercearia e que ela escuta, plenamente: grande, cheio de válvulas, e com muita chiadeira, o som se espraia por todo o bairro, mais alto do que uma boca de frevos, barulho e estupidez num só movimento. O mais inquietante, todavia, é que este som parece despropositado para público nenhum, para rua despovoada e quieta, algumas mulheres nas janelas, um senhor lavando o carro na torneira do jardim. O homem da mercearia cochila e de vez em quando retira do rosto, com um abano de mão, uma mosca imaginária. Mesmo de pé, dorme e acorda, dorme e acorda. A modorra toma conta do tempo — fim da manhã, meio-dia, início da tarde, começo da noite? Não pode definir porque não há relógio e resta aquela parte contraditória do Recife, onde, depois que o rádio é desligado, os barulhos vêm de longe se arrastando, nascendo em bairros distantes ou do centro da cidade. Tia Guilhermina recomeça a voltar para casa, sempre a pé, sem definir se está feliz, triste ou satisfeita, um tanto deprimida, talvez. O Carnaval do Recife sempre lhe causa essa sensação de melancolia ou de alegria reprimida. Melancólica? Sobretudo, de insatisfação. A insistente satisfação que os infelizes carregam nos ombros. Ou o que lhe sobrara daquela manhã carnavalesca. Foram mais importantes o frevo, o samba, o axé em barulhentos trios elétricos ou o momento de exibicionismo na marquise do cine Trianon? Não se preocupou nem se preocupa sequer com os apupos ou vaias que recebeu de milhares de pessoas no Galo ou o striptease improvisado com a lingerie e tudo diante de uma multidão febril que gritava, gesticulava, pulava, tirava a roupa. E ela se movia festejando os olhos com as lembranças, na memória as crônicas pernambucanas. A alma arrepiava de frio e de solidão. Interessava-lhe agora o silêncio da Torre com a cumplicidade do piano no meio da sala.

A ausência sempre afetuosa de Matheus. Continua andando, andando sempre, nem completamente solitária, nem completamente feliz. Somente quando passa por uma casa ou outra onde há televisores ligados pode ouvir alguma música distante ou vozes embaralhadas cantando. Escuta os corais femininos dos clubes e troças cantando aquelas músicas tristes, nostálgicas e melancólicas, em meio a clarinetes, saxes e requintas, violões, violas, cavaquinhos e rabecas. "Cadê Mário Melo, partiu para a eternidade."

A guerra dos maltrapilhos

Não estanca para ver, observar ou ouvir, as imagens passam às pressas e ela segue, e segue adiante, movida pela vontade de chegar logo àquela casa modesta, embora ousada, da Torre, cercada de árvores, um grande quintal, jardim, cheiro de flores, muitas flores, e requintes de algo que não se completou na vida, e a lembrança de músicas, com letras e sem letras, animais domésticos, e pássaros, muitos pássaros cantando. Os pássaros — canário, beija-flor, bem-te-vi —, borboletas amarelas, verdes, azuis. Sempre devagar, segue e ouve as músicas distantes ou os barulhos próximos. Encurvada segurando a sombrinha e distraída, completamente distraída, os olhos lacrimosos, o desejo de estar outra vez em casa, sentada no terraço, ouvindo Matheus ler as crônicas pernambucanas, aquele Carnaval que ela conhecia apenas de ler e ouvir, e do qual agora participava, já com o coração cheio de agonia, talvez sem nenhuma esperança, que nunca alimentou, mesmo a inútil esperança de ter o menino de volta. Nunca mais as palavras indesejadas, o choro sem soluços.

Daí a pouco aparecem os moleques de rua gritando, jogando água e talco, e às vezes atiram pedras. Ela se protege ou tenta se proteger com os braços finos e limpos, incapazes mesmo de amparar, fechando os olhos. São mascarados ou vestem-se de sacos, molhados, sujos, maltrapilhos. Cantam algo confuso que ninguém entende. Um frevo de rua sem começo nem fim, destramelado. A rainha do frevo e do maracatu, os lindos seios de fora, a capa vermelha evitando a nudez completa, outra vez com o penico na cabeça, parece atônita. Nem os pensamentos tristes e doces podem ajudá-la. Deseja correr, corre pouco, para, com os braços protege os seios nus, firmes e quem sabe viçosos, que ela mesma ama, ama e elogia. Tia Guilhermina tem plena consciência desses seios maravilhosos. Anda apressada mais do que corre. Atropela-se. Está inteiramente transtornada — suja de talco e tinta, molhada, a cerveja derramada no corpo. É o que chamam de mela-mela violento, muito violento, e tia Guilhermina já está toda suja de talco e terra, algum sangue nas vestes, nos cabelos, nas pernas, numa mistura de água e pó, atingida pelas pedras, sente que vai desmaiar. Protege-se ainda mais na sombrinha, procura uma parede onde se ampara, desiste. Os moleques estão cada vez mais violentos. Tenta muitas vezes se proteger com a sombrinha e não é possível, tem que se amparar num portão para não cair porque a tonteira aumenta.

E os meninos gritam puta, puta, puta véia e feia. Puta do peito caído. Nenhuma ofensa lhe seria mais forte. É socorrida por um vigia de casarão que afasta os meninos, uma espingarda na mão, e leva-a para os pilotis de um prédio. É verdade que não fora apenas o mela-mela. Tem um corte na sobrancelha direita e sangra levemente pelo nariz. Na ânsia da brincadeira, os meninos devem ter batido no rosto dela, que agora bebe um copo d'água, sentada no chão, certificando-se de que ainda conduz o pacote com as roupas íntimas nas mãos, os olhos marejados de lágrimas.

Repousa um pouco e sente a embriaguez quando, afinal, sai andando trôpega Sem perder a elegância, a delicadeza dos movimentos. Apoiando-se na sombrinha, ultrapassa a entrada do prédio, ganha a calçada e, certificando-se de que os meninos saíram, caminha, outra vez, em direção à Torre. Espera chegar logo em casa, tomar um banho e dormir na rede do terraço; e, na outra calçada, o vigia acena com a mão, despedindo-se. Tia Guilhermina não sabe distinguir se está com sono porque fecha os olhos constantemente e tem vontade de parar ou se está apenas com princípio de embriaguez, aquela sutil embriaguez que abre os poros e prepara a mente. Depois de dobrar a rua, passa pela ponte principal do bairro, de forma que agora falta pouco para chegar em casa, é seguir em frente e logo depois entrar à direita, fazer zigue-zague entre ruelas, até chegar na Casa Verde.

A burrinha está no ar

Antes que avance, pronta para casa e despejar nas salas e nos quartos a tristeza de sua mágoa, outros meninos e outras meninas aparecem conduzindo uma burrinha de madeira — na verdade um cabo de vassoura, uma cabeça colorida, feita de lã e tecido, e uma espécie de coleira que serve, fingidamente, para segurar um animal, se aquilo é mesmo um animal —, cantando e brincando... ei, ei, ei, a burrinha está no ar... vem, vem, vem, a velhinha vai brincar... — e as meninas, sobretudo as meninas, jogam pedra nas pernas dela, e os meninos, somente os meninos gritam... dança, velhinha, dança, velhinha... Há casais nas janelas, preparando estandartes, e outros que saem à calçada, conversando e cantando. E ali, de repente, se forma um bloco, em torno de tia Guilhermina, uma pequena bandinha familiar com clarinete, tuba, saxofone, pistão, pratos, tarol, bombo, todos vestindo sacos esfarrapados, descalços, e dançando e bebendo cachaça numa garrafa de plástico.

Os moleques voltavam para apedrejá-la. E Guilhermina sente a mágoa do mundo crescendo, avolumando-se no peito, enchendo o coração, circulando no sangue. Soluçava, soluçava, ainda mais magoada, mesmo ofendida pela atitude dos meninos, porque os adultos estavam ocupados demais com a banda para perder tempo com ela, ainda que fosse para ajudá-la, para ampará-la.

O desconhecido sem máscara e sem batom

Os rapazes param um jipe, quanto tempo não via um jipe, e pedem que ela suba. Um instante apenas de indecisão, coloca o pé no estribo, recebe a ajuda de muitas mãos e senta-se no banco de passageiros. Alguma voz pergunta a senhora está bem, e lhe servem uma lata de cerveja preta, para espalhar o sangue. Bebe, bebe aquilo com gosto de cerveja açucarada, estira as pernas, sente-se reconfortada. E toda ela tomada por uma sensação de relaxamento e liberdade. Talvez possa agora até cochilar um pouco. Olha os dedos e sente um ferimento no canto direito do lábio. É quando se lembra de que não disse aonde vai. Volta-se para o motorista. Parece ter havido uma mudança sincera — o rosto do rapaz não parece cordial: é sério, fechado, truncado. Ela indaga você sabe aonde vou. Vou para casa, meu filho. Tudo bem, ele diz, mas agora faz viagem com a gente. Viajar? Se ficar calada é melhor. Ligam, ligam o rádio muito alto. Falam, todos falam, conversam, e cantam e gritam. Ela também grita na esperança de que alguém possa ouvi-la quero ficar aqui, é aqui que eu desço. Sente a mão estranha e pesada escorrendo pela perna esquerda, primeiro com mansidão, e depois apertando-a, sobretudo, na musculatura entre o joelho e a coxa. Volta-se inquieta, obrigado, mas o senhor está me machucando. Ele não atende e, já agora, aperta na virilha. Por favor, o senhor pode soltar a minha perna? Fique quieta, a senhora. Aonde vamos? Está longe da minha casa. Sua casa é o que menos importa. Difícil o diálogo, cada vez mais difícil, porque as palavras fugiam. Ela desconfia de que não é escutada porque não escuta perfeitamente o que outro lhe diz.

A Solidão no Telhado

Não o prazer, não a glória, não o poder: a liberdade, unicamente a liberdade.

FERNANDO PESSOA

Almoço dos desgraçados

Percebe que se encontra numa rua descalça, pobre e vazia do bairro da Iputinga, onde o Carnaval se resume ao som de um bar, quase sem ninguém, com anúncio de comidas e bebidas num cartaz amarelo, com letras vermelhas. Um dos rapazes sai do jipe, vai ao bar e volta dizendo está pronto. Ela não pôde andar sozinha porque dois rapazes seguravam-na para ajudar. Na calçada está servido um grande cozido, com pirão fumegante, muitas verduras e uma garrafa de cachaça. Ninguém mais se entende, todos conversam, alguns bebem goles de cachaça, assim mesmo no gargalo, tossem e cospem, e outros começam a comer, batendo nos pratos e nos talheres, festejando. Um deles beija, com agressividade, os seios de tia Guilhermina, enquanto ela tenta se esquivar, levantando os braços e empurrando a cabeça de cabelos longos, com as mãos. É um grande almoço carnavalesco no meio da tarde. Eles lambem os dedos, agarram bons pedaços de verdura, misturada, se lambuzam, cospem e jogam comida fora. E riem, e riem, e riem. Meninos que aproveitam a liberdade da festa. E ela, tão entusiasmada está, repete e imita os gestos, as brincadeiras, as gargalhadas, e, sem falta, os beijos; os muitos beijos, passando de uns braços para outros. O que não suporta, com certo cuidado, são os goles de cachaça e, mesmo assim, bebe e bebe. No momento em que diz que vai ao banheiro, é acompanhada por dois ou três rapazes. Eles cantam e dançam. Dançam e fazem um círculo em torno dela, que aproveita para pular o frevo. De forma que os lindos seios balançam, o que provoca palmas de entusiasmo.

No banheiro, observa o que é estar só e abandonada naquele lugar de cheiro ruim e desarrumado, papel de jornal sujo de fezes atirado em todos os lados, pouca ventilação, dois combogós nas paredes brancas e ásperas, o cano da descarga exposto pintado de vermelho desbotado. Outra vez, ouve os sons que parecem vir de longe, de muito longe. Vozes, vozes, vozes. Os homens falam alto, decidem, resolvem e depois se calam. Música, batidas de bombos, pratos e até de uma sanfona desafinada. O cheiro de comida vindo da cozinha ali perto se confunde com o cheiro de fezes, ela já sente os primeiros sinais de tonteira. Sentada na bacia começa a vomitar, a vomitar, e vem a vertigem. No exato momento em que veste a calcinha, teme desmaiar, mas ouve um barulho e a porta se abre, arrebentada.

Luta de corpo a corpo

Uma bota, pesada e negra, chega, com força, junto da perna esquerda de via Guilhermina. A porta está aberta, arrombada.

Ela grita e cai. Um homem agarra-a pela cintura. E, rapidamente, é segurada pelos ombros, sem que possa evitar o beijo na boca. Os dois rolam no chão sobre os papéis e ela ainda vomita, sujando-se. Sufoca. Não podia supor que ele fizesse aquilo, que fosse possível. Era virgem, fora virgem. Deitados no chão, enquanto procurava relaxar, o que não era possível, naquelas circunstâncias, percebeu que ele avançava sobre o seu corpo, tateando os braços e o busto, o ventre, e, sem que ela se desse conta, a força. Mais de uma vez joga o corpo para um lado, para outro, inevitável. Agora, só resta chorar. Mas nem assim tem tempo. Os rapazes entram e avançam sobre ela, um após outro, quase uma aposta, respirando a custo. O sangue na boca, no nariz, nos lábios, entre as pernas. E desmaia, desmaia, a vida escorrendo pelas veias, quase podendo dizer, e morria, e morria. Eles não terminavam nunca. E dizem aguenta firme, amor; aguenta firme. Cospem, gritam, dizem palavrões. Percebe-se, em seguida, dentro do silêncio, no silêncio, no grande silêncio de quem é jogada num canto, entre papéis sujos, vômito, suor, atirada no abandono de um meio-dia entristecido. Mas não sente raiva, sente uma mágoa profunda, de quem se torna para sempre sujeita à dor. Numa pausa, tenta ficar de pé, as pernas não obedecem. Ainda assim, levanta-se. Rasteja até a pia e, com água e sabão, banha-se, esfrega-se, ora com força, ora com delicadeza. Esfrega bem a intimidade do corpo. Já agora sem equilíbrio, desfalecendo, a vista turva.

Desamparados, os seios

Silêncio, silêncio devastador, inquietante para um domingo de Carnaval. Outra vez sozinha, agora com o corpo extenuado, lembra-se do espelho e teme o espelho. Afasta-se e tateia os seios. Tão belos, tão leves. Não tem outra solução nem outro caminho e se senta na bacia. Não tem calcinha, não tem mais calcinha. E se sente desamparada. Não que fosse apenas uma peça de roupa, mas sua proteção. Arrepio no ventre e na coluna. Desamparada, para sempre desamparada. Sem querer chorar, não choraria por aquilo, por nada do que lhe tivesse acontecido. Assim é que sustenta as lágrimas. Sem lenços para os olhos, nem para o nariz. Arrebatada pela dor e pela decepção, decide retornar logo para casa. Sai e verifica que não há ninguém no pequeno corredor nem na sala onde parece haver um restaurante. O cheiro de mijo e de sopa de legumes.

Sem tempo para lágrimas

Caminha e passa pela mesa onde estivera antes com os rapazes. As pernas tremem, e tudo o que ela quer é se afastar dali. Rapidamente, mas não quer dar pressa aos pés. Contida, procura o primeiro beco desabitado, afinal todos estão no desfile do Galo. Anda impulsionada pelo medo e pela solidão. O corpo dói, doem as pernas e a bacia, e, mesmo assim, ela não sabe dizer se está feliz ou infeliz. E soluça, soluça muito. Agora conhece o soluço sem lágrimas que a acompanhará durante muitos passos, durante muitas caminhadas, cruelmente derrotada, sem tempo para chorar a derrota, sequer para lamentá-la, sem conseguir se amparar nem proteger os seios. Sem sobrinho, cruza os braços sobre os seios, chega a hora definitiva de voltar para casa. Enfrenta as ruas silenciosas de Santa Luzia. Mas, para ela, confortavelmente acolhedoras. A atmosfera aterradora das ruas suburbanas do Recife, silenciosas, quietas, só muito sol, quando havia brisa e sol. Quase sempre muito quentes, bem quentes. Casas amarelas e azuis, brancas. Ruas constrangedoras.

O constrangimento das ruas suburbanas

As ruas suburbanas, tristes e constrangedoras do Recife, sob a cadência de músicas distantes, esvaindo-se no sol e na brisa. Afinal, sem Matheus ali para ajudá-la, não poderia sequer buscar proteção. Os sons que pareciam tão profundamente solitários que acarinhavam a pele, mexiam nos pelos e entravam no sangue. Uma música ao longe, piano no leve fim de tarde, ranger de redes no começo da noite. O clarinete no quintal de seu Mathias, ela se lembra. A solidão que se transforma em delírio, em manso desmaio transformando o corpo em agonia. O clarinetista é músico da banda municipal e, por isso, tão amado no bairro. Entra, passo a passo, na casa ajardinada, vai direto ao chuveiro. Não pode se sentir melhor. Era sempre o que esperava dos banhos, refrescada e saudável, sobretudo em companhia de Matheus. E a noite que se avizinha agora cheia de ventos e estrelas. Quando começa a tomar banho, percebe que está ferida, o sangue escorre com a água. Desolação e relaxamento.

Os sujos se levantam do chão

Anda, tia Guilhermina anda sentindo dores no corpo e um princípio de febre se despojando nos ombros, enquanto desconfia que está sangrando, talvez um filete de sangue descendo na pele. O corpo doído, a carne ardendo, os músculos enrijecidos, a cabeça pulsando e a vontade de seguir, seguir sempre, sem olhar para os lados. Tonta. Não serão, porém, nem as dores do corpo, a febre e a vertigem que irão desmontá-la. Quer seguir e não esperará um único instante. Nunca lhe faltaram os incômodos e o sofrimento, e vai, os passos já inseguros, mas não se culpará jamais por indecisões, pela falta de vontade. Segue, mesmo que somente ao longe, quase se desmanchando no sangue, escute a festa do Carnaval, como algo que pertence somente ao sonho e à lembrança. Segue, e não faltam motivos para se lembrar dos cachorros do domingo. Os solitários e abandonados cachorros do domingo.

Mas o que é aquilo? Que coisa é aquela que se move de forma tão irregular? Aproxima-se dela ou ela se aproxima desta coisa confusa, irregular, assimétrica? Ajusta os olhos, quer ver melhor, e o suor impede-lhe a visão. Enxuga o rosto, os olhos, a boca, e agora, agora, sim, está diante da confusão. Descobre, enfim, entre olhar desconfiado e sorriso esperto, que está num Bloco de Sujos, os miseráveis do Carnaval, que aumentam o riso e a alegria neste momento pleno da vida, pessoas maltrapilhas, vestidas em sacos da cabeça aos pés, descalças, embriagadas, mendigos, moradores de rua, pedintes, abandonados da sorte e do destino, desdentados, descamisados, sandálias amarradas em cordões, chinelos destroçados, bêbados, aos tombos, e a orquestra composta de panelas, pratos, garfos, facas, facões, trempes velhas, caldeirões, folhas de flandres, colheres de metal. O sol esquenta, a febre queima, a visão diminui, e todos cantam, cantam. Gargalhadas, abraços, beijos. A vertigem volta, a tontura, vai, vai desmaiar. Mais beijos, outros beijos, mais abraços, outros abraços.

Os sujos e os belos

A animação cresce e diminui, de acordo com a intensidade do sol e da rua, bocas se misturam, e a folia parece contaminar toda a redondeza. O tira-gosto começa a circular entre as mãos, muitas mãos, dedos limpos, unhas bem-tratadas, e unhas sujas, mãos sujas, oleosas, garfos com carne e pedaços de pão, queijo, salsicha, linguiça, sanduíche, cheiros que se misturam, suor e comida. Alguns seguem em marcha lenta, mal levantando os pés do chão, outros destacam-se pulando e pulando, os casais ternamente abraçados feito aquela romaria nunca fosse parar.

Cantam, todos cantam, apesar da desafinação e, às vezes, da desanimação, bêbados e sóbrios, as palavras se soltando e se afastando, voltando, as vozes festivas se libertam e vão ganhando vida própria, as vozes encantadas, encantadas, de quem seria esta voz que também maravilhosa canta ao seu ouvido, o ouvido sempre esperançoso e sempre terno e atento, cheio de curiosidade de tia Guilhermina? Poderia decifrá-la? Distingui-la entre tantas vozes espalhadas no calor do frevo? A voz de Matheus. Seria Matheus? Quem sabe agora, e é o que deseja, poderia abraçá-lo, trazê-lo para perto do corpo, tê-lo entre as mãos. Sem dúvida, deve ser assim. Estende o braço, procura-o? Talvez seja melhor gritar Matheus. Indecisa, permanece indecisa. Ele veste apenas o saco inteiro, desde a cabeça até os pés, sem furo nos olhos nem na boca. Mas é ele, e ela sabe no segredo do sangue, na paixão dos ouvidos. Ele se move de um lado a outro sem lhe dizer palavra. A seu modo quase mão com mão, abraço com abraço, e agora vem esta moça de bustiê e biquíni, tocam-se, requebrando-se com leveza e graça. Será Biba? Ela pode jurar que é. Não quer falar com ela. Talvez não lhe faça bem. Afasta-se. Só um pouco, mas se afasta. E fica quieta, parada. Deve estender a mão para tocá-los? Encolhe-se. Puxa o braço, puxa a mão. E ali vêm, por pouco não gargalha, abraçados pela cintura, rindo e bebendo, beijando-se, o velho Ernesto Cavalcante do Rego, o Rei das Pretas, com Severina, a Gorda, e Severina, a Magra. Fantasiados de nobres franceses, como se saíssem direto do reinado de Maria Antonieta. A tia Guilhermina cabe apenas rir, e rir, e rir. Nobres num bloco de tanta pobreza, tanta miséria, tanta fome? Nobres decadentes, mais do que decadentes, basta olhar as roupas rasgadas, esmolambadas. Sujas. No entanto, ela fica satisfeita, feliz. Não porque estejam em decadência, mas porque a família parece ter decidido visitá-la neste Carnaval tão iluminado. Uma espécie de perdão familiar para a sua vida reclusa na Casa Verde da Torre. Reclusa? Reclusa, sim, mas festeira. Ela diz de coração. E acrescenta: reclusa, mas não monástica. Mulher cheia de arrepios na pele.

    Nem precisava de perdão porque se fizera acompanhar de Matheus e porque foi o que lhe deram, quem sabe herança de família? O que surgiu do ventre de Dolores para tornar a vida mais suportável? E ela nem fora pedir nada a ninguém. Coube apenas a Dolores jogar-se na aventura do amor de Jeremias. Afinal eram mãe e filho. E se estão ali no bloco, todos reconciliados, basta a visita. Ela se afasta para o bloco passar, no caminho de quem vai para o centro da vida, misturar-se com tudo o que há de fantasia e vaidade. Afastam-se, ao som de batuques e de latas, de pratos e de talheres, afastam-se os esmolambados da vida, entregues à embriaguez. Ela olha, agora ela olha com a sensação de que não resta outra coisa senão olhar a paisagem do Recife.

Bogaris, água, sangue

Penteando os longos cabelos embranquecidos vai ao quarto, senta-se na penteadeira e vê no espelho o rosto vazio, cansado e ferido, não inteiramente derrotado. Sob a luz cambiante da tarde deixa-se ficar um instante enquanto vê a noite se aproximando, submetida ao cântico dos passarinhos e das aves noturnas. Ao cheiro selvagem do jasmim e dos bogaris. É verdade que está cansada, daquele cansaço preguiçoso, o corpo moído, de uma pessoa que depois do banho da tarde sente sono e vontade de se deitar numa rede, sem esperanças, o cansaço que antecipa a febre noturna. Mesmo assim prefere ir à cozinha fazer um pouco de chá para tomá-lo enquanto toca piano na mesma antiga sala de visitas povoada por cadeiras de palhinha, canastras, baús, guarda-roupas, tudo em madeira escura e pesada; algumas cadeiras com os pés quebrados e palhinhas rasgadas; teia de aranha e poeira, muita poeira. Ainda assim, o piano se conserva limpo e afinado.

Senta-se no banco alto, acolchoado, e logo toca as primeiras escalas, acidentais e naturais, de quem procura identificar a escala e esquentar os dedos até encontrar o tom correto para valsas de Capiba, Nélson Ferreira e Lourival de Oliveira, às vezes Liszt, e toca, sempre com habilidade e leveza, forcejando nos acordes mais tristes e nostálgicos. Talvez fosse preferível servir o jantar de Matheus, ela logo compreendeu, num susto, ele não está ali, talvez tenha vindo visitá-lo e não mais retornará, nunca mais.

Na noite escura, a camisola solta, deixa os seios à mostra, abre todas as janelas, as portas, e o vento entra livre sacudindo as raras cortinas. Percebe logo que tem de acender as luzes, ela mesma se desloca ao interruptor. Toca, toca sem pressa até sentir que está na hora de dormir, pena que Matheus não esteja na casa. Toca, novamente. Arrastando a noite, esta noite em que espera que as sombras cresçam nas paredes. Movendo os pés no pedal e agora fazendo movimentar as pernas e as cadeiras. Já não ao som de boleros e valsas, nem Capiba nem

Nélson Ferreira, mas seguindo o jazz mesmo que não considerasse o melhor instrumento para este tipo de manifestação musical, mas que lembra o striptease no Trianon. De pé faz voltas em torno de si mesma, joga o cabelo solto de um lado a outro, tira a única roupa íntima que lhe resta, a calcinha. Deita-se despida e suada na cama grande de casal que cultivou durante toda a vida, em meio a travesseiros e lençóis de cetim. Levanta-se diante da verdadeira vida, baila, ela baila, mesmo que não haja ali alguém que possa ajudá-la ou amá-la, esquece por um momento as próprias agonias para beber um cálice de vinho, de licor, ou bourbon. Somente mais tarde, quando é noite completa na Torre, apaga as luzes na casa.

Diante da imagem da vida

Fora um dia estranho, inquietante e terrível, que a transformara pela violência na mulher que tanto desejara, sem que tenha jamais desejado a dor, a força, o estupro, sua paixão não a levaria a tanto e apesar das agressões, das agonias e do sofrimento. Embora em dia de striptease, não tivera oportunidades para mostrar os dotes de cantora, a sempre cantora de boleros e de tangos, mulher de muitos talentos e de não menores qualidades, apesar da dança voluptuosa na marquise do Trianon, de que guardava uma imagem muito terna, afetiva, aos olhos da multidão, e isso a leva a um estado de êxtase puro, irremediável.

Enquanto tenta dormir pensa em Matheus e não pode esquecê-lo, sempre ele, dizendo ter sido educado pelos pássaros;

não concorda com ele, mas acha que os pássaros lhe deram sensibilidade musical. Por isso aprendeu logo cedo a tocar requinta, e, mais tarde, na banda de música do bairro, vieram o clarinete e o saxofone e, sobretudo, o amor à música, cada dia mais renovado, de forma que não podia passar um dia sem tocar o instrumento. E ainda o piano, que estudava tocando escalas primárias e naturais, cromáticas, acompanhando-a em outras harmonias ainda menos exigentes até atingir o desenvolvimento de uma pessoa que começa a dominar o instrumento.

Melhorava cada vez mais, tocando em noitadas, nos clubes, nos bares, até ser reconhecido nas ruas, dando autógrafos, beijado pelas fãs. Mas ela, ela mesma, gostava de ouvir o piano, possuída dessa espécie de saudade feliz, ou seja, dessa saudade de nada e que não deixa marca. A felicidade de quem se joga no mundo para viver com a intensidade, sofrida ou extraviada, mas sem arrependimento.

Crescida para enfrentar sofrimentos, alegrias e sujeiras, que dá vontade de sentir de novo. E novamente. E novamente. Depois que tia Guilhermina lhe comunicou que a mãe dele era Dolores, dissera no café da cozinha, às três da tarde, quando voltara de Salgueiro, só para visitá-la. Não preciso de mãe, só preciso de tia. Eu nem sentiria falta de mãe se você não me dissesse. Não diga isso, sua mãe sempre o amou muito, meu filho. Se é assim, por que nunca senti falta dela e sempre vivi com a senhora, e nem sabia que ela existisse? Um dia lhe explico melhor, sei que você vai entender. Espero que sim.

Uma saudade natural. Que resulta na vontade de chorar. E por quê? Por quê? Não terá uma resposta. Nunca terá. Saudade inventada nunca se explica. Nem precisa. Ficava ali mesmo na sala. Sentada num canto, enquanto ele tocava piano e cantava baixinho. Com o lenço na mão, ela ficava com o lenço na mão. Que não era para dizer adeus. Nunca fora. Não vai chorar. Não quer chorar. Nunca vai chorar. Promete a si mesma que nunca vai dizer adeus. A mão fica parada e não gesticula. Ninguém jamais verá sua mão dizendo adeus. É isso. E pronto.

Cachorro pastando e desolados

Volta para casa quase num ímpeto. Chega logo. No banho, lembra-se que saiu para dançar e se afogar no Carnaval, maravilhada pelo Galo da Madrugada, e dançara pouco, tão pouco, quase nada, a não ser a aventura do striptease falhado, exuberante na apresentação, mas desoladora no resultado. Em que momento começou a se preocupar com os cachorros? Não, não sabe e quer evitar a lembrança. Cachorros solitários pastando sempre lhe causam tristeza. Se tivesse feito por completo, como desejara, o striptease na marquise do cinema Trianon, teria, sem dúvida, atraído muitos homens, dezenas ou centenas? Quem sabe? Melhor foi obedecer ao bombeiro e descer com calma para, somente depois disso, se preocupar com os cachorros, que agora passavam a ser excessivos. Embaixo do chuveiro sente a enorme solidão da Casa. Nem sempre, nem sempre sentia a solidão embaixo do chuveiro porque a água isolava todos os ruídos. Mas enquanto se enxugava podia ouvir até as dobradiças da casa vizinha. Havia decidido, desde muito cedo, deixar o rádio ligado enquanto estava no banheiro: era assim que escutava vozes e não se assustaria de que as pessoas entrassem na casa.

Era para isso que a Casa lhe servia, para sentir solidão e medo. Um medo de nada, um medo de ninguém. Um medo suspeito e só. Nesta noite sabe, por antecipação, e por um presságio muito vivo, que os fantasmas vão voltar. Vão ocupar sua casa, seus quartos, e logo todos estarão esperando-a. Nesses momentos gostaria de ouvir o piano tocando; a casa inteira recendendo a jasmim. A jasmim e a bogaris, cheiro misturado, mas era o cheiro da casa, da sua casa, onde aprendera a embalar os sonhos e a esperança quando havia esperança. Até a cama se mantinha silenciosa, noites a fio, depois do banho os dois saíam para o passeio na praça da Torre, ela com a sombrinha, e ele mostrando toda atenção, carinho e cuidados, desde que não chegasse muito perto dela. Chegou-se a imaginar um casal de namorados, um tanto escandaloso, é verdade, mas ela se mantinha distante; nada de intimidades de amantes, bastava a amizade de tia e sobrinho. Aliás, às vezes tratava Matheus como se ele tivesse morrido. Aliás morreu mesmo. Homem para mim morre sempre. É melhor tê-los sempre a distância, amados ou não. É por isso que a viagem de Matheus a Salgueiro para fazer companhia à mãe e à irmã representou uma morte, muito mais do que uma viagem. Nunca foi apenas uma perda temporária. Parecia que nunca mais ia voltar. Nunca mais. Com toda a força dessas duas palavras, com o que elas têm de definitivo e eterno. Pois fui descobrindo, pouco a pouco, que sempre me referia a um fantasma quando falava em Matheus. Ia ao banheiro tomar banho e esperava encontrá-lo. Não o corpo, a presença física, mas a ausência, a lembrança apenas.

A nudez envergonhada do banho

Nos tempos antigos, o menino a esperava sentado na bacia com água e ela se despia de costas, como se de costas pudesse evitar a nudez. Pode dizer, no meio da noite, não tirava os olhos dos meus seios, aquele garoto me espiava tanto até que eu tivesse vergonha de mim própria. Ficava assim, ficava assim, mas eu não cobria uma só nesga do corpo, sequer com a mão. Ele na bacia, e ela abria o chuveiro, molhando a pele, molhando-se, molhando as curvas e os segredos. Ensaboava-se, e era a hora de estar juntos. Abraçados, o sabonete escorrendo nos dois, Matheus, tão pequeno, segurava nas coxas e até na bunda de tia Guilhermina, protegendo-se, protegendo-se. Me solte, me solte, nunca toque em mim, fique longe, não saia da bacia, ansiando, intrigada, tensa. Agora saia, meu filho, volte para a bacia e acabe o banho. Ele fazia besouro e lavava os cabelos. Depois ela cantava, cantava, vestida em longos, uma rosa na orelha, bem pintada nos lábios e nos olhos, grandes e belos boleros, tangos sensuais. Tia Guilhermina, no segredo de sua agonia, jogava água nos seios e enxugava-se. Naquele dia, ele quase que se recusou, não queria largá-la. Foi que tia Guilhermina segurou-o pelo braço vamos para a bacia, menino, vamos para a bacia. Ele a agarrou, ainda, passando os braços pelo pescoço e, quando ela tentou soltá-lo à força, Matheus desceu mão e segurou-se onde pôde, tentou a pele no umbigo, no púbis e nas coxas. Nada onde pudesse segurar. Vamos, meu filho, desça, e ele brincava sacudindo as pernas, até que passou a mãozinha ensaboada entre as pernas da mulher, tocando nos pelos e nas coxas. Largue isso, ela gritava, largue isso. Ria, o menino. Ele ria, e ela ansiava até que soltou um grito enquanto a mão do garoto deslizava e deslizava, causando aquele estranhamento de corpo que se esvai. Vamos, meu filho, vamos, e ele entendia que era para continuar, a mãozinha terna e firme esfregando-se nos segredos, deslizando nas carnes atormentadas. Os dois respiravam com irregularidade. E depois do banho ela cantava, adorava. Lembra-se que, por muito pouco, não o jogou no chão. Quase. Estou com vergonha de mim mesma, se afaste, vamos, nunca repita isso. Ele ria, nunca mais toque em mim, Matheus, permaneça na bacia e não se levante mais. Sentia-se, às vezes de propósito, ralhando, reclamando-se, queixando-se do sensual, da maravilha, a maneira suave e terna com que fazia a voz circular pelo banheiro, pela casa, pelos ouvidos do menino e, mais tarde, do adolescente; um quase rapaz com o busto à mostra e os cabelos molhados. Também ele parecia tremer, tia Guilhermina lembra, é verdade. Às vezes parecia um passarinho molhado procurando onde se enxugar. A tensão era da natureza dos corpos nus. Gostaria de avançar e abraçá-lo, mas não fica bem uma mulher avançar sobre o homem, não é mesmo? E ela era tia daquele homem ali abraçando o próprio corpo para se proteger do frio. A questão toda era não desejar nem se deixar desejar. Sentia, porém, um desejo de arrepiar os seios. Não, não era frio. Um pouco de coragem, só um pouco e estava resolvido. Dia a dia, tarde a tarde, noite a noite, o conflito ia se repetindo. Até que ela percebeu a contrariedade do sobrinho, quando disse — posso muito bem tomar banho sozinho. Fique quieto, menino, quero resolver isso logo. Faça como a senhora quiser, está bem? Está bem, sim, só não precisa ser uma coisa apressada. É verdade.

A embriaguez que destroça o sangue

Embriagado e sentado no meio-fio, o folião cochilava, e era aquele mesmo folião do Cachorro do Homem do Miúdo, já agora combalido pelo cansaço e pela bebida. Triste? Talvez não triste, mas abatido. Cansado, bêbado e abatido pela andança de tantas horas. O cachorro grunhia e limpava a boca do homem.

Abatido, agora, quando já é impossível olhar a vida de frente, mesmo que as pernas estejam pedindo festa, malabarismos de Carnaval. Jamais sairia dali se não viessem lhe buscar. Ali deitado, abandonado no chão, os braços abertos em cruz, os olhos fechados, a dor de ser um resto de gente. O cachorro late, grunhe, anda em círculos, parece protegê-lo. A cabeça levantada, as pernas em arco, o animal late, late ainda mais quando alguém se aproxima, late para a tarde cinza, sombria e quieta.

Engorda marido com chá e bolachas

Algumas noites, ela se lembra, serviu chá para dois nas refeições noturnas. E ele estava ausente. Não esperava por Matheus, não esperaria nunca. Fazia o bolo Engorda Marido, que a mãe lhe ensinara desde a adolescência, as mulheres devem aprender desde cedo a cuidar dos maridos. Um bolinho e um chá. Estava na cozinha preparando os condimentos, mesmo quando Matheus se ausentava. E por que serviria o chá? O chá e o bolo? Porque mulheres são para ter maridos, e os maridos são bem servidos nas refeições noturnas, depois do banho, os corpos saudáveis, a mesa posta, as histórias para contar e os risos. Preparava o bolo: muita, muita manteiga, que batia numa vasilha ao lado, e creme, bastante creme, e batia tudo com ovos, quatro ou cinco ovos, e reunia tudo na vasilha maior, até levar ao fogo. Um bolo quase só gordura, mole, muito mole, em seguida no prato para ficar frio.

O mistério das tias surdas

Nunca estivera disposta a se casar. Não queria namorados nem noivos, nem mesmo quando Ana Beatriz começou a namorar firme com Conrado, quando todas as sextas-feiras à noite ele ia tocar rabeca para a amiga e para as duas tias surdas. Ana nem gostava muito, mas as tias riam, aplaudiam e batiam palmas, mesmo com aquelas mãos moles, moles e pequenas, e que nem faziam barulho. Mãos de plumas. Feitas para amar. Nunca para aplaudir. As duas, as tias, eram pequenas, pequenas e gordas, e quase não falavam, talvez por causa da surdez. Entendiam-se sozinhas, e às vezes se entendiam com Ana Beatriz. As três viviam juntas havia vinte anos. Conrado gostava de parar todos os instrumentos e ficava apenas nos gestos. As velhas aplaudiam, aplaudiam, enquanto tia Guilhermina chorava de tanto rir e Ana Beatriz gritava, feito hoje se faz nos shows ou nos campos de futebol, semelhante a quem vaia. Ela achava ótimo esse tipo de manifestação, porque o homenageado não sabe se está sendo aplaudido ou vaiado, o que é bom, muito bom. Ou o que é melhor ainda: nem ele nem a plateia. Assim se forma um círculo vicioso: o artista não sabe se presta, e a plateia não sabe se gostou. Ambos se declaram satisfeitos e está tudo bem. Dizia-se até que as três — as duas tias surdas mais Ana Beatriz — tomavam banhos juntas e enquanto a água escorria, batiam palmas para afastar o frio. Imaginavam sempre aquelas duas velhas gordas nuas e molhadas, os seios e as barrigas arriados, as coxas frias e trêmulas, batendo palmas para combater o frio. Ana Beatriz, não, Ana Beatriz era alta e magra, nua e elegante, dessas mulheres que deixam os cabelos pretos e lisos escorrendo pelos ombros, quem sabe começando a encobrir os seios. E tia Guilhermina ficava sempre emocionada quando pensava em seios porque sabia que precisava cuidar deles sempre, com óleos e massagens, exercícios para o busto, algum tipo de musculação, e sustentava-os. Ficava horas diante do espelho, todos os dias, massageando-se.

Aventuras de silêncio e medo ocorreram entre ela e Matheus, mesmo quando ele era apenas uma criança mimada: ele tomava banho na bacia enquanto tia Guilhermina passava sabonete no seu corpo nu. Ele batia as pernas e os braços gargalhando, gargalhando, até que ela esmurrava as partes íntimas da criança; tia Guilhermina gritava entre lágrimas, meu menino, meu menino; e ele dizia, entre soluços, tia má, tia má. Pela manhã devia haver outro banho, mas ele nunca aceitou, alegando que à noite não fazia exercícios e que, portanto, não ia precisar de banho. Foi assim até mesmo quando cresceu, não se submetendo aos caprichos da tia. Simplesmente ele dizia não vou e não ia mesmo, pronto. Os dois gostavam de passear na praça da Torre, mas ela pediu logo para ficar sozinha. Tia Guilhermina gostava muito de ficar sozinha. Mesmo quando conversava estava sozinha, mergulhada na mente e mergulhada no coração, mergulhada no profundo silêncio de si mesma. Sem necessitar de palavras ou de gestos. Só os íntimos sabiam que ela estava longe das pessoas, das conversas e das mãos, gestos. Mais tarde passou a imitar as tias surdas e falava, falava sozinha, gesticulando, gesticulando. Conversava com seu silêncio e sua solidão.

Rigor e simetria na prática

Dolores observa-a com olhares de censura, de pura censura, aquele olhar duro e inatingível, embora sempre tratasse Matheus com o máximo de rigor, método e de educação. Queria-o ali perto, entenda, Dolores, mas mantive a distância necessária para que não sentisse desejo, sequer vontade. Se longe daqui ele se comportou como se comportou não foi por culpa minha, mas por quem estava com ele.

Me entenda — e Dolores mantinha aqueles olhos impenetráveis, sem tirar as mãos dos bolsos, inabalável —, procurei fazer com que ele fosse rigoroso nas suas escolhas. Sempre cuidei disso, educado e até severo. Você está me escutando, não está?

Por esse tempo ainda trabalhava na repartição pública, não se aposentara cedo da repartição, onde chegava sempre às sete horas da manhã, passava pela mesa, arrumava os papéis, ia ao toalete, onde ficava vários minutos, lavava as mãos, penteava os cabelos, lavava as mãos, fazia as sobrancelhas com uma pinça minúscula, lavava as mãos, ajeitava os seios, lavava as mãos, e não falava, não falava com ninguém, nem mesmo com Ana Beatriz, que ainda era sua amiga. Ela, porém, se mantinha em silêncio, em fechado silêncio, logo ela tão comunicativa e tão falante, que sempre se colocava à disposição das colegas para ajudá-las.

Harmonia severa no trabalho

Na mesa, enfiava-se no trabalho e, em primeiro lugar, dispunha tudo conforme decidira desde o primeiro dia de trabalho há trinta anos, lápis no lugar de lápis, borracha no lugar de borracha, caneta no lugar de caneta, e, em seguida, colocava papel na máquina para preencher os formulários. Ou para redigir algum ofício. Uma hora mais tarde levantava-se para lavar as mãos e beber água, aproveitava para refazer o batom e limpar a pele com papel especial, perfumado. Devia sentar-se agora para não atrasar a produção, pelo menos aquela a que ela se determinara desde sempre. Daí olhava o relógio com certo ar de preocupação, franzindo ligeiramente a testa, um ar elegante, olhava a mesa, à direita, e depois os armários, à esquerda, e sentava-se sem tirar os olhos do relógio. A máquina de datilografia fazia intenso barulho e dava a impressão de que ia andar, aos pulos. Quando levantava a cabeça, o sol já declinava, então era hora do banho com Matheus, depois de um pouco de piano. Corria para casa, dirigindo o pequeno automóvel, espremido nas ruas estreitas do Recife, entre ônibus e caminhões. Mas dirigia com alguma habilidade, observando as regras elementares, até o excesso, sem atropelos. Em criança, o menino se alvoroçava e sacudia os braços, mal esperando que ela terminasse de tocar piano, quando tocava piano antes do banho, quebrando um pouco a formalidade, então se levantava e segurava-lhe a mão, dizendo vamos. Mais tarde, na adolescência, sentia-lhe o olhar forte e ansioso, até que iam ao chuveiro; tia Guilhermina derramava-se em boleros antigos e novos; às vezes enchia os olhos de lágrimas e, às vezes, precisava de lenços que, em muitas ocasiões, usava para acenar à plateia inexistente. Noutras, apenas estendia a mão que parecia beijada por alguém; apressava-se em tirar a luva, mexia os dedos e, lânguida, deitava a cabeça para trás.

Houve, no entanto, uma pausa de quinze dias nessa rotina, quando foi transformada em rumbeira no circo religioso de Leonardo. Agora não só um músico, mas pastor. Fundara uma seita religiosa — Os Soldados da Pátria por Cristo — que funcionava em lonas de circo, porque ele não tinha dinheiro para comprar nem alugar prédios. Passava temporadas em bairros diferentes. Os primeiros fiéis foram convocados entre as crianças de cada bairro ou de cada cidade. O grupo dirigente, feito se dizia, ocupou uma casa em ruínas na praça Chora Menino, mesmo sem alimentação, e com Leonardo se embriagando todos os dias, ainda mais para compor hinos. Todos passavam o dia ali, e somente à noite, depois de menções ao jantar, retiravam-se e iam ao templo, que era o circo armado em algum bairro, e havia de tudo, sobretudo sexo entre parentes; no meio da tarde, Leonardo abria uma garrafa de aguardente e um pequeno pacote com pedaços de queijos e carnes de segunda, que conseguiam nas portas, a mão estendida, no capítulo das esmolas. Não era raro o dia em que Leonardo se abraçava aos prantos com a menina Camila, os dois iam para um quarto, já no fim da tarde, o crepúsculo e as sombras crescendo, a noite fantasiada de estrelas se aproximando, e só era dado escutar os gemidos e os ais, mesmo que a garota jurasse que não conhecia homens. Ela, tia Guilhermina, se lembra de que uma tarde se aproximou da porta, não era bem uma porta, mas apenas um pano colocado de alto a baixo, e só teve tempo de ver Leonardo sobre Camila, que balançava as pernas e gemia, gemia, ainda que vestida numa saia com anágua e combinação. Em seguida, ele saía para tocar sax no terraço.

Fantasma de cueca e tamanco

Sentada diante do espelho, enquanto se pinta — agora com algum exagero, o que não é costume, reforçando o negro, bem negro das sobrancelhas, dois traços agressivos na testa, espalhando batom vermelho nas maçãs do rosto, escandalizando os lábios — tia Guilhermina sabe que agora espera os fantasmas da noite, fantasmas de mortos e de não vivos, dos vivos e dos muito vivos, acabou de vê-los no Bloco dos Sujos. Eles se espalharão pelos quartos e corredores, reconhecidos pelos lamentos e lamúrias.

Na verdade, Leonardo e Matheus passavam as noites, quase todas elas, no sobrado de Dolores, onde também estava a menina Biba. Mais do que ela, testemunhavam a vida desregrada de Ernesto Cavalcante do Rego, com as empregadas Severina, a Magra, e Severina, a Gorda. Para tentar contê-lo, Dolores escondera-lhe as roupas, e deixara-o apenas com um cuecão de pano, suspensórios, e um par de tamancos. Mesmo assim ele se trancava com Severina, a Gorda, no quarto que servia de despejo, para as folias da cama. E a casa inteira tinha que manter guarda para evitar que Dolores entrasse ali. Sobretudo porque ela tinha certeza de que controlava as rédeas da casa e que encontrara, enfim, uma maneira de conter a sexualidade do marido.

De propósito vestia-o daquela forma — cueca longa, de pano, quase uma bermuda, segura pelo suspensório, além dos tamancos enormes. Ela esperava sempre ouvir o barulho, mas ele andava com os tamancos nas mãos. E Severina, a Magra embora também fosse uma das conquistas de Ernesto, com quem sempre estava aos beijos e abraços nos cantos do terraço, montava guarda para evitar a aproximação desprevenida de Dolores. Nas noites da Casa Verde, mesmo que se sentisse sozinha, percebia a presença de todos. Ali mesmo, enquanto penteia os cabelos, sabe que Dolores a observa encostada na escrivaninha do quarto, com aquela roupa que adotara nos últimos anos, um vestido grande de brim, até os joelhos, com dois bolsos na frente, onde coloca as mãos, carrancuda, calada, os olhos fortes e o pensamento parado — ela sempre diz que não pensa, não pensa nem fala. Tia Guilhermina não pode vê-la, mas sabe que é assim, e que assim permanecerá toda a noite, sem bater os olhos. No quarto ao lado da sala de visitas, estariam Ernesto e as duas mulheres. Também sem serem vistos, mas igualmente adivinhados. Lá no quarto de despejos, na parte de trás da casa, estaria Matheus, quase escondido nos braços de Biba, que ela nem mesmo queria ver. Nos braços de Biba. A menina e Dolores estavam mortas, é verdade, foram estupradas e, é possível, assassinadas, mas ele, não, ele devia estar vivo. Não tinha vergonha de viver com uma morta no quarto dos fundos? Foi para isso que se encontraram todos no Bloco dos Sujos? A família voltou para ocupar a Casa Verde, todos queriam a Casa Verde, queriam tia Guilhermina.

A menina do bem e a foca da intriga

Um dia tia Guilhermina conversou com Camila, aquela que queria ir para o Paraíso, mesmo sem morrer. Havia duas versões para a presença dela na seita Os Soldados da Pátria do Cristo. Na primeira, dava-se conta de que fora sequestrada pelo pastor Leonardo, e só sairia mediante o pagamento de resgate, mas Leonardo dizia que Camila estava deslumbrada com ele e com o grupo. Ia permanecer enquanto desejasse. Mas não gostou quando Conrado apareceu. Apresentara-se como tocador de rabeca e passava os dias se divertindo com Camila. Passava o dia com a menina, andando de costas para ver se encontrava o passado, e à noite ia à casa de Ana Beatriz. Muitas vezes cruzaram no portão do jardim, na entrada. Os dois brincando com ratos e porcos no terraço ao fundo da casa. Já na primeira noite no circo, tia Guilhermina procurou não se destacar muito, reagi, reagi à ideia de dançar, reagi muito, a ponto de me esconder na cortina. Leonardo gritava está muito desajeitada, muito desajeitada, solte mais a cintura, vamos, tia, vamos, faça isso, eu não queria, chegara à conclusão de que devia me exibir unicamente para Matheus, o menino Matheus a quem eu devia apresentar minha nudez. Só e unicamente. Seus olhos me fitavam quando o grupo de rumba se exibia no circo, mesmo com pouca luz. Eu sentia punhaladas na alma quando a caixa começava a tocar sozinha e o locutor anunciava a rumba, logo a orquestra tocava e a gente cantava "Nega, balança as cadeiras; neste seu balancear;/oh, minha, minha, minha, minha,/oh, minha, nega, balança as cadeiras,/Neste seu balancear".

Ela, discretamente, passava para o centro da roda de rumba, de forma que quase ninguém podia vê-la, já uma senhora de rugas, pó e tinta vermelha espalhados pela face, o batom nos lábios caídos, nunca que devia estar aqui, preferia a minha casa silenciosa da Torre. Por que não vai embora? Não quer nem mesmo mostrar os seios. Ele perguntava, se preparando para tocar o sax no circo. E a vontade de se esconder. De não aparecer, de forma alguma, e desaparecer, desaparecer, ela queria, e o desejo nunca mais ia voltar, nunca mais ia voltar. Até que sumia mesmo e Leonardo gritava tia Guilhermina, a voz rompante vencia a noite e a orquestra, mas ela não ouvia, já estava no camarim trocando de roupa. Muitas vezes podia entender o tal sequestro de Camila, até porque ela, Guilhermina, também queria sair e não saíra. Podia sair do circo à noite, depois da função, quando passava na casa de Ana Beatriz e seguia para o sobrado de Ernesto Cavalcante do Rego, para fazer companhia a Dolores, sua irmã. Foi apenas duas semanas, mas tempo suficiente para testemunhar a vida de todos. Compreendê-la e amá-la. Nem precisava acompanhar o circo, bastava voltar para a Torre, onde encontraria Matheus, de alguma forma sócio no circo, ele que também quis ser pastor. Desejei muitas vezes que ele estivesse ali, no poleiro do circo, mas nunca o vi. Nem no poleiro, nem nas cadeiras. O que ele fazia na noite me inquietava. Posso dizer que ele também era músico e tocava nos cabarés do bairro do Recife ou em festas muito alegres. Ansiava muito vê-lo, ainda que fosse rapidamente ou mesmo que fosse a máscara do seu rosto conduzida por um homem qualquer. Olhava bem, olhava muito bem para a plateia e nada. Talvez Matheus tivesse curiosidade de vê-la exibindo-se, pernas ao vento. Ele que se criara vendo-a dançar na solidão da casa, na morna solidão do bairro da Torre. Um bairro ainda proletário, com fábricas e operários, sirenes de fábricas e operários andando nas ruas, igrejas e colégios que recebiam estudantes de saias azuis plissadas e blusas brancas, lancheiras e sonhos, num tempo em que era permitido sonhar, num tempo em que as moças recebiam namorados nos terraços aos beijos e abraços permitidos pelos olhares dos pais, muitas vezes pela cumplicidade das mães. Um peitinho de fora, uma calcinha rasgada, e tudo não mais do que isso. E amor, amor romântico, sonhoso e esperançoso. Amor com cheiro de flores, jasmim, bogaris e papoulas de muitos nomes e diversas cores. Com serenatas e rapazes bebendo cerveja nos bares, aproveitando para falar em futebol, carnaval e mulheres. Em busca daqueles antigos namoros de terraço, mãos nos peitos, mãos nas coxas, abriu a porta e foi ao terraço respirando fundo.

Anda, anda, e depois, pouco mais sossegada, dirige-se à cozinha, onde se serve campari, gim e soda limonada, um pouco de limão, pedras de gelo tudo no mesmo copo, bebe um pouco, volta à sala, liga a televisão e se senta para acompanhar no jornal da TV o final do desfile do Carnaval no clube Internacional. Vê agora também o que lhe fora impossível ver enquanto estivera na cidade. Eram muitas as lanchas e as jangadas, ornamentadas todas de branco, com grandes velas deslizando nas águas do rio Capibaribe naquela hora com quase nenhum sol, sem ondas. E, nas margens, pequenos grupos que procuravam se animar cantando, alguns rapazes e adolescentes pulavam, depois de uma cachaça nas águas barrentas. Dali a pouco muita coisa ocorria, bem por trás do Palácio do Campo das Princesas, do governo estadual, o espetáculo que ela mais gostava de ver, brincando. E qual era o espetáculo? Só os pernambucanos mesmo acreditavam e divulgavam, ainda que fosse também brincando, para proclamar o estado mais forte da nação: o misterioso encontro dos rios Capibaribe e Beberibe para formar o Atlântico. Ela ria muito quando falava disso, sobretudo para irritar os cearenses que sofriam golpe fatal no orgulho e na vaidade. Voltando os olhos para a televisão, vê que chegava ali naquele braço de mar, em frente à rua da Aurora, o bloco lírico A Noite das Rumbeiras em Flor ou o Coroamento da Rainha, que foi criado no circo de Leonardo, para atrair as meninas dos bairros por onde a seita passava. No circo, ela era a fantástica tia Guilhermina conforme dizia o apresentador e representava a Rumbeira Rainha, dançava com uma saia longa da cintura aos tornozelos, cheia de babados bem largos. Era muito, muito aplaudida. Dançava, dançava até se sentar numa cadeira imperial, onde era aplaudida pelas meninas e recebia uma espécie de coroamento, enquanto as outras dobravam o busto e balançavam os seios. Agora podia ver o espetáculo pela televisão e se levanta, fica de pé na cadeira e pula. Apanha o copo de bebida no chão e bebe uma boa talagada. A música era uma espécie de frevo de rua com rumba, bandinha e tudo, e exigia muito requebrado. Repetiu tudo isso, até a hora de tirar a roupa e tomar banho sozinha. Mas antes que pudesse fazer isso, viu na TV, novamente, o bloco lírico Com Você no Coração. Ela está nua a caminho do banheiro e anda aos requebros. Não espera encontrar Matheus no banho, nem os fantasmas da casa, mas coloca uma grande rosa vermelha na orelha direita. Enfim vai para o banho. Mas fica triste quando entra no banheiro e não encontra Matheus, mesmo que seja apenas na lembrança, na memória ou o fantasma banhando-se no chuveiro. Parece-lhe agora que a casa está verdadeiramente ocupada por uma multidão de fantasmas. Vai na gaveta e, com gestos brandos, retira uma revista de nus para folhear, enquanto as pessoas não se retiram. Mal pode esperar que saiam. Nos olhos e nos cantos da boca, um sorriso irônico, a face brilhosa; senta-se na cadeira pequena do banheiro. Dali ainda escuta os lamentos e os gemidos de Ernesto, vindos ainda do tempo em que se suicidou ou foi assassinado com uma espingarda de dois canos, por Dolores. Apenas termina o banho e já está outra vez diante do espelho, enxugando-se, pintando-se, preparando-se para sua pequena exibição ao menino. Penteia-se, volta a colocar a rosa vermelha nos cabelos, sobre a orelha direita. Começa a cantar boleros antigos, gesticulando e chorando. Não demorou, chorava e ria. Quase uma apresentação teatral, cujo drama não precisa decorar porque sabe tudo de cor, além de ser atriz e diretora.

A saudade da rosa vermelha dos cabelos

Daí a pouco estava cansada, os olhos lacrimosos, o peito cheio de saudade, e a bebida fazendo efeito. Levantava-se em frente ao espelho e cantava um bolero, desses que doem no peito. E requebrava, requebrava, requebrava. Gesticulava muito. Levantava a cabeça, os braços para o alto, e requebrando. Sempre. Cansou. Cansavam o corpo e a emoção.

Mesmo assim continuou dançando e bebendo, ainda que fosse campari. Suava, suava muito. A pintura borrava o rosto, a testa, os lábios, os olhos. No armário da cozinha encontrou a garrafa de cachaça e colocou um copo. Ainda se sentia bem cansada e fazia um calor incrível. Então resolveu tocar piano sem roupa, pena que Matheus não estivesse ali — estuprador e assassino, diziam dele, mas quando estiveram juntos, perguntara mais de uma vez se fora mesmo o criminoso, e ele respondia sempre com enorme convicção eu pedi para meu pensamento parar de pensar e ele continuou pensando. E tocava, e tocava.

Nuinha, a rumbeira festeja a noite

Mudava de músicas e de ritmos. Ora representava o circo, ora o desfile do Carnaval, e tocava. E tocava. Nuinha dançava, tia Guilhermina de repente largava o piano, e dançava e dançava. A rumbeira de outros tempos, de tanto tempo, e suava, e gritava e dançava. E girava, e girava, e girava feito uma guariba, conforme diz a música, daí a pouco começou a abrir as janelas e janelões da velha Casa Verde da Torre. E sorria quase somente com os olhos, sorria, naquele enigmático jeito de quem carrega os segredos do mundo nas mãos. Ou nos dedos ao piano. Não percebendo sequer que os vizinhos acordavam e saíam para as calçadas e para o meio da rua com cara de sono e de curiosidade. Com um ar de espanto, esfregando os olhos e abrindo a boca, como se não fosse possível que aquela velhinha tão silenciosa e tão misteriosa, de quem ouviam apenas o piano no final da tarde, e tangos, boleros, rumbas, e polcas e suítes, e sonatas, os olhos revirados, a boca cheia de ansiedade para dizer um amor, pudesse saltar a fogueira num dia de festa, num domingo ansioso de Carnaval, para exibir-se bela e nua, dançarina de tangos, boleros e rumbas. Daí a pouco ela saiu da sala e voltou com uma cama de lona, que conduzia sozinha. Trouxe também lençóis, travesseiros e camisola branca.

A invasão

Depois os vizinhos e as vizinhas — crianças, adolescentes e adultos — aproveitam portas e janelas abertas para invadir a casa com enfeites carnavalescos, serpentinas, confetes e máscaras — e os animais. Daí a pouco a casa — armários, gavetas, camas, jarros, panelas — está revirada. Enquanto alguns cachorros passam com calcinhas, sutiãs e anáguas nos dentes, outros farejam a cozinha, jogando no chão comidas prontas ou cruas. Não demora, as crianças e os gatos ocupam os jardins, brincando, correndo, pulando, enquanto tia Guilhermina canta e toca piano. A modesta e ousada Casa Verde da Torre recebe mais gente, e mais gente, o segredo — se é que há um segredo — cada vez mais desvendado. Exposto. E ainda que não fosse o segredo da casa, pelo menos o segredo de tia Guilhermina, a dos olhos verdes, com o passinho ligeiro, ligeiro e miúdo, sem nunca ter tempo para ninguém. Não foi sem espanto que um vizinho viu o corpo desta velha, desta mulher, pendurado num caibro, a corda amarrada no pescoço.

Das gavetas parecem pular inúmeras fotografias que passam de mão em mão, de grupo em grupo, causando espanto, risos, comentários. Há quem gargalhe e quem vire o rosto. Não raro ouve-se o comentário, então era isso? E foi assim que essa mulher viveu? Matheus, porém, Matheus só guarda uma imagem da tia na memória: tia Guilhermina com a vassoura e o balde nas mãos, varrendo, mesmo quando a casa estava limpa. Absolutamente limpa. Ou com um pano limpando vidros, portas e janelas.

Nua, tia Guilhermina toca piano, nua, enquanto a casa está sendo invadida pelos vizinhos e pelas vizinhas, pelos cachorros e pelas cadelas, pelos porcos, galinhas, galos andando pela sala, pelos quartos, quem diria. Convivendo com os fantasmas, com Dolores, Ernesto, as Severinas, Biba e até Matheus.

Em quase todas as fotos arrancadas das gavetas estão juntos tia Guilhermina e Matheus, o que ainda causava escândalo, porque ele foi acusado de estuprar e matar a mãe e a irmã, embora nunca tenha sido provado. Agora espera por novo julgamento porque, finalmente, um médico revelara que em autópsia havia descoberto veneno para matar ratos nos corpos das duas mulheres e Matheus já dissera que as mortes ocorreram por envenenamento e ninguém acreditou.

Era hábito de Dolores preparar um suco de laranja, principalmente, que cada um bebia um copo antes de dormir.

Se Matheus um dia voltasse, de verdade, para a solidão da Casa Verde, de repente, as pessoas não podem vê-lo agora porque ele está no quarto nos prazeres do corpo de Biba, se Matheus reaparecesse não reconheceria aquela sala, guardada pelo silêncio e pela inquietação durante tantos anos. Um templo, ele disse ou diria, invadido pelos vizinhos e pelas vizinhas, pelos cachorros e cadelas, galinhas, porcos e galos; e ainda é difícil acreditar que é Carnaval, mesmo que o verdadeiro Carnaval esteja aqui se realizando e por muito, muito tempo. Na casa há tristeza e abandono, mas é sempre, sempre Carnaval. Nunca pôde entender, e pode agora estar entendendo, por que as mulheres costumavam pará-lo na rua para perguntar sobre ela. Quem era aquela velha? Como se comportara durante toda a vida? E por que se mantinha tão distante de todos? Tia Guilhermina, tão inteiramente nua e tão belamente meiga, disposta a tocar piano pelo resto do dia, bebendo campari o dia inteiro, rejeitando ousadias de homens, embora fervesse de ansiedade. E agora é apenas um corpo nu balançando na sala, o pescoço amarrado na corda, e os seios; os seios de tia Guilhermina, maravilhosos. Um corpo seco, pequeno, os peitos cheios de viço. Unhas lisas, brancas, esmaltadas; o vizinho olha para o alto, pensando mas o que é que pulsa ainda neste corpo? Ouvem-se as vozes femininas dos corais carnavalescos: "Adeus, adeus, minha gente, que já cantamos bastante, Recife adormecia,/Ficava a sonhar ao som da triste melodia".

Recife, março de 2011 a setembro de 2012

Tangolomango, ritual das paixões deste mundo é o segundo livro do tríptico *Comigo a natureza enlouqueceu* que terá ainda, é claro, mais um romance e pretende refletir a grande paixão humana que inquieta o autor desde *Maçã agreste*, obra que integra o Quarteto Áspero e que dá início aos tormentos da família de Ernesto e Dolores. O primeiro livro é *Seria uma sombria noite secreta*.

Os volumes do Quarteto são, além de *Maçã agreste: somos pedras que se consomem* — finalista do Prêmio Jabuti, 1996; *O amor não tem bons sentimentos* — finalista do Prêmio Portugal Telecom, 2008; e *A minha alma é irmã de Deus* — Prêmio São Paulo de Literatura, 2010.

Os protagonistas de *Tangolomango* nascem em *O amor não tem bons sentimentos*, romance em que Matheus lamenta o estupro e o assassinato da mãe, Dolores, e da irmã, Biba.

Um conjunto de sete romances — seis já publicados — em que o autor tenta refletir sobre a estrutura de uma família ficcional corroída pelo incesto e pela devassidão e que parece se resumir pelas palavras de Matheus em *O amor não tem bons sentimentos:* em nossa casa não precisamos de outras bocas nem de outros beijos.

Este livro foi composto na tipologia Adobe Garamond Pro,
em corpo 12/16,6, e impresso em papel off-white
no Sistema Cameron da Divisão Gráfica
da Distribuidora Record.